Le fermier qui parlait aux carottes et aux étoiles

DU MÊME AUTEUR

Le Syndrome de la brasse coulée, Flammarion, 2022.

JULIA MATTERA

Le fermier qui parlait aux carottes et aux étoiles

ROMAN

Vocabulaire alsacien :
Joséphina Krasnopolski

J'AI LU

À mon pépé, éternel trempeur de tartines.
Aux moustaches de mon bien-aimé tonton Robbie.

1

Tartines et marmelade

Savoir tremper une tartine dans un bol de chicorée n'est pas chose facile. Certains la brisent avant de la porter à la bouche. D'autres la réduisent en bouillie. Quant à Robert Walch, il excelle dans la catégorie « dresseur de miches beurrées » et sait parfaitement comment obtenir un morceau bien juteux qui ne finit pas par s'écraser au fond du bol pour mieux lui éclabousser le nez. C'est incontestable, Robert est sacrément doué en matière de miches et de confitures. Selon lui, tout réside dans la qualité du pain. Une croûte bien épaisse et une mie serrée permettent à la tartine de flotter sans se décomposer. Sa sœur, Elsa, a déjà tenté de le convertir aux baguettes croustillantes et moelleuses, mais Robert persiste : « Parce qu'une tranche de miche tiendra toujours mieux qu'une baguette rachitique. La miche, c'est ferme et dodu comme une bonne femme, la baguette est trop maigrichonne ! » Voilà ce qu'il lui rétorque quand elle tente de modifier ses habitudes. Vous direz que Robert n'a qu'à faire ses courses lui-même plutôt que d'ennuyer sa sœur avec son caractère de cochon, mais sachez dès à présent qu'il ne va jamais en ville.

Robert a besoin d'être chez lui. Tout son quotidien est aussi bien réglé qu'un coucou suisse. Chacune de ses activités est ritualisée. Il en a toujours été ainsi, et quiconque oserait briser cette réconfortante routine aurait droit à un flot de mauvaise humeur et de reproches arrosé de « *Gott vertomi*[1] *!* » Car Robert est passé champion d'Alsace en ce qui concerne les jurons et l'art subtil de la mauvaise foi. C'est ainsi et cela ne changera pas, parce que le bonhomme est une véritable tête de lard !

Vous devez donc en déduire que sa vie n'a rien d'exaltant. Certes, ses moindres loisirs se réduisent à des gestes chronométrés et millimétrés, mais cela ne l'empêche pas de se donner des défis dont lui seul est le vainqueur. Que ce soit en marchant uniquement sur les carreaux rouges de la cuisine ou encore en faisant de l'apnée de tartine une épreuve olympique, Robert adore la compétition silencieuse et sans spectateurs. C'est pourquoi il met un point d'honneur à réussir

---

1. « Bordel de... » Souvent prononcée et abrégée en « *Kopftomi* », expression utilisée à tout-va pour exprimer la stupeur, le mécontentement, la colère. Tout Alsacien un tant soit peu bougon s'emploie à l'utiliser le plus souvent possible.

chaque matin la prouesse de dévorer son pain sans s'inonder les moustaches.

Conscient de la difficulté de ce sport marmeladien, il ritualise le p'tit déj', en fait un culte dans lequel dame Tartine se doit de rester en équilibre à la surface du lait. Les sourcils froncés, les doigts bien cramponnés à deux grandes cuillères, il fait basculer la tranche afin de l'imbiber des deux côtés. C'est primordial pour lui. La tartine doit boire la chicorée tout en gardant sa forme athlétique. Gare à celle qui tenterait un plongeon pour se décomposer ! Robert la goberait en une fois plutôt que de devoir manger des miettes mollassonnes. 1, 2, 3... il fait le décompte et à 6 il passe les deux cuillères sous la tranche, l'élève au-dessus du bol, et finit par y mordre avec gourmandise.

— Bon sang, Robbie ! Tu pourrais manger sans faire de bruit ! se plaint Elsa qui sirote un lait d'amande.

Aucune réaction du quinquagénaire. Rien ne peut entamer son plaisir, et c'est donc sans gêne qu'il poursuit son exercice de succion-mastication.

— Tu sais, Robbie, beaucoup de femmes te trouveraient du charme si tu n'avais pas cette sale manie. Tu ferais mieux de revoir tes manières.

Robert lui répond par un « slurp » phénoménal et s'envoie une grosse lampée de chicorée pour faire passer sa bouchée. Ne disant mot, il saisit son journal et l'ouvre à la page météo. La seule rubrique qui l'intéresse réellement.

— Et le voilà qui boude derrière son papelard, soupire Elsa qui quitte la table pour chercher quelques fruits secs à grignoter.

Aussi sérieux qu'un servant de messe lors de l'eucharistie, Robert fronce les sourcils et fait la grimace.

— Il ne va pas pleuvoir de la semaine, c'est ça ? devine sa petite sœur.

Robert ne répond pas. Il referme le journal, le plie en quatre et le jette dans le seau en fer qui se trouve derrière lui. Au moins, il aura de quoi alimenter un feu de bois.

— Il est 8 h 15, tu peux parler maintenant. On a même dépassé l'horaire où tu ouvres la bouche habituellement.

Haussement d'épaules du vieux garçon. À cinquante-deux ans, il est aussi loquace qu'une carpe frite, et malgré tous ses efforts, Elsa peine à lui faire aligner quelques mots.

— Bien… Je vais réveiller les jumeaux.

Robert se lève aussi vite que si une petite souris s'était glissée dans le col froissé de sa chemise.

— Laisse-moi encore cinq minutes de répit !

Elsa éclate de rire avant de prendre son frère dans les bras. Celui-ci fait la moue. Il n'apprécie pas particulièrement les épanchements affectifs.

— Mon gros ours mal léché, ronronne-t-elle tout en lui réajustant les moustaches. Tu devrais aller vers les autres avant qu'il ne soit trop tard.

— Trop tard pour quoi ? bougonne Robbie.

— Pour rendre à ceux qui t'aiment l'affection qu'ils te donnent.

Il baisse les yeux. De l'affection, il en a pour Elsa, et même pour ses deux petites crapules aux cheveux roux. Mais il ne sait pas l'exprimer. Robert est bien plus délicat avec les légumes de son potager qu'avec les êtres humains. Cette pensée lui noue l'estomac. Et s'il devenait un légume à son tour ? S'il continuait de se réfugier dans ses habitudes, Elsa lui ferait-elle encore des papouilles de bon matin ? Les jumeaux l'appelleraient-ils toujours « tonton *Kopftomi* » aussi malicieusement ?

Robert les aime, c'est indéniable. Cependant, il a peur de montrer ce qu'il ressent. C'est comme ça, et c'est ainsi depuis si longtemps qu'il s'est habitué à rester emmuré derrière une façade de solitude. Et derrière ce mur monté année après année, Robert s'est construit un monde rien qu'à lui, un univers que les jumeaux sont les seuls à pouvoir visiter. Car les enfants ont encore la candeur nécessaire pour ne porter aucun jugement sur ce lieu tenu secret. Cet endroit est à son image, et s'il le garde si bien protégé, à l'abri sous une couche épaisse de bougonnerie, c'est parce qu'il craint qu'on ne le piétine. Alors il se terre dans le silence, s'enferme dans ses rêveries solitaires, les préférant à la réalité, car il sait que les songes sont bien plus stables et ne s'altèrent jamais.

— Je n'ai besoin que de vous, avoue-t-il difficilement. Si j'étais sans cœur, crois-tu que je laisserais les jumeaux cavaler aussi près de mes tomates ? Et puis, en ce qui te concerne, je pense avoir fait suffisamment de sacrifices. Malgré mes réticences, j'ai accepté de te seconder lorsque tu as ouvert cette auberge. Tu savais que je refuserais d'entretenir des rapports avec les clients, et pourtant tu me reproches constamment de ne pas être aimable ! Tu aimerais que je m'ouvre aux autres ? Je le fais bien assez en subissant les allées et venues d'inconnus à longueur de journée ! *Kopftomi !* Laisse-moi au moins le privilège de prendre mon petit déjeuner au calme. Les jumeaux sont bien où ils sont...

Elsa fait la moue en secouant la tête. Elle devine que son frère va poursuivre son interminable discours dans lequel il se victimisera jusqu'à ce qu'elle cède.

— Je sais, je sais, coupe-t-elle avant qu'il ne continue. Tu m'as laissée reprendre la ferme et la transformer en auberge, ce qui n'est pas facile pour une personne aussi solitaire que toi. Je t'oblige à accueillir des gens qui te mettent mal à l'aise et à cause de moi, une partie de ton jardin s'est transformée en coin jacuzzi.

— Tu as tout compris, résume Robert. Tu vois, je ne ferais pas tous ces efforts si... si...

Les mots lui écorchent les lèvres. Qu'il est dur de dévoiler ses sentiments ! Même à sa petite sœur. Elsa tire une chaise de façon à s'asseoir face à son frère, dont elle ne voit que le profil.

— Tourne-toi vers moi que je te parle droit dans les yeux.

Robert boude. Il n'a jamais apprécié les confrontations directes et c'est à contrecœur qu'il recule sa chaise avant de se mettre face à

Elsa, le menton baissé, le regard posé sur ses vieux *schlopas*[1] rouges aux motifs écossais.

— Regarde-moi, je ne vais pas te manger.

Il hoche la tête sans oser lever les yeux. Robert a l'air d'un gamin. En fait, il peine à se considérer véritablement comme un adulte. Sa cadette l'a bien compris, et c'est tout naturellement qu'elle s'est changée en petite mère à la mort de leurs parents.

— Je ne serai pas là éternellement. Si je venais à rencontrer un homme, il est possible que je quitte la ferme et emmène David et Charlotte.

Robert fait comme si de rien n'était. Envisager le départ de ses neveux lui fait trop mal au cœur.

— Tu dois rencontrer des gens. Si tu continues comme ça, tu finiras tout seul.

— Mais Davy et Croquette viendront me voir ! Ils n'abandonneront pas leur tonton *Kopftomi*, non ?

Elsa esquisse un sourire. Les petits surnoms qu'il a donnés à ses enfants l'ont toujours fait fondre. À six ans, David et Charlotte n'ont vécu qu'avec leur tonton. Souvent indisciplinés et joueurs, ils n'en restent pas moins attentifs lorsque Robert veut bien leur ouvrir la porte de son potager. Ils connaissent la ferme sur le bout des doigts et sont des trappeurs hors pair. Cachés dans les hautes herbes, ils battent des records d'ingéniosité pour rapporter escargots, coccinelles et autres bestioles à leur oncle.

---

1. Chaussons.

— Ils apprécient les rares moments où tu les invites à vagabonder dans ton potager, mais ils sont si rares ! Et tu peux être si irritable... Ils finiront par grandir et... par se lasser de toi car tu es trop introverti. Tu devrais passer plus de temps avec eux avant qu'il ne soit trop tard.

— Alors, c'est ça, tu as décidé de partir ? gronde-t-il en se levant.

— Non, je ne quitterai pas cette maison tant que tu ne seras pas autonome.

— Je le suis, tu sais bien que j'aime la solitude.

Elsa sourit tristement.

— Tu ne sors jamais d'ici. Si je pars, qui ira t'acheter tes mots fléchés ? Qui s'occupera de tes courses ? Qui appellera le réparateur télé si elle tombe en panne ? Je ne sais même pas si tu survivrais à une journée sans *Questions pour un champion* !

La moustache droite de Robert a bondi à l'évocation de son émission préférée. Évidemment, Elsa a fait mouche. Ce jeu est sa petite friandise, son moment à lui, et il a du mal à imaginer une journée sans son rituel de 18 h 10 pétantes. Toutefois, le fermier est trop fier pour donner raison à Elsa.

— Je me ferai livrer et j'achèterai une deuxième télé, c'est tout.

— OK, admettons que tu y parviennes. Je doute que tu supportes de vivre entièrement seul. Car je suis convaincue que dès que je serai partie tu en profiteras pour fermer l'auberge et vivre comme un ermite.

— Termite toi-même ! Tu peux partir quand tu veux, je me débrouillerai !

— C'est là que tu te trompes. Quand tu te retrouveras totalement seul, tu comprendras ce que je voulais te dire. Mais cela n'arrivera pas...

— Ne me dis pas que tu m'as inscrit à une de ces saletés de site de rencontres ?

Elsa rit à nouveau. Elle est mignonne avec ses taches de rousseur et ses couettes. Une vraie Fifi Brindacier.

— Ça aurait pu être une bonne idée... Pour autant, j'ai préféré commencer tout en douceur en engageant un nouvel apprenti. Je me réjouis d'une chose : contrairement aux autres années, tu n'as pas renvoyé ce jeune. Après dix jours, Hassan est toujours là. Il semblerait qu'il ait la tête dure, à moins que tu ne commences à accepter sa présence ?

— Ce gamin est obstiné. J'ai tout essayé pour qu'il parte, il ne lâche rien, répond Robert d'un ton las.

— Alors propose-lui de travailler avec toi. S'il est aussi obstiné, je suis sûre qu'il s'investira.

— Je n'ai besoin de personne. La ferme, c'est mon domaine.

— Pourtant tu es content que sa mère veille sur les jumeaux pendant que je suis à l'auberge, dit-elle en lui adressant un clin d'œil. On n'a rien sans rien. Fatima surveille David et Charlotte et toi, tu acceptes qu'Hassan te donne un coup de pouce au jardin et en cuisine. Le marché est plutôt équitable. L'auberge est pleine à craquer...

Si tu lui donnes sa chance, Hassan nous sera d'une grande utilité.

Le visage de Robert vire au cramoisi.

— Ce gosse est un vrai moulin à paroles, il pose des questions sans arrêt ! Je ne peux pas le garder avec moi !

— Il s'ennuie. Il est venu pour apprendre et tu t'obstines à lui imposer des tâches ingrates. Hier encore, il a passé la journée à récurer de vieilles casseroles que tu n'utilises plus ! Tu m'expliques le but de la manœuvre ? Il doit réaliser les douze travaux les plus éreintants pour mériter sa place à tes côtés ?

Robert esquisse un léger sourire. Les douze travaux. Il n'y avait pas pensé plus tôt, et pourtant, il met réellement le jeune homme à l'épreuve. Il faut l'avouer, l'ado rachitique s'en sort avec succès.

— Hassan t'attend au potager, annonce Elsa.

Robert voit rouge. Cette épreuve n'était pas sur sa liste. L'accès au potager devait être sa récompense en cas de réussite.

— Tu sais bien que personne n'a le droit d'y mettre les pieds ! J'ai déjà assez de mal à repousser tes diables qui dévorent mes tomates avant qu'elles ne soient mûres ! Alors y envoyer un citadin sans ma permission !

— Rejoins-le vite, qui sait ce qu'il pourrait faire à tes précieuses carottes ! pouffe-t-elle avant de lui ébouriffer les cheveux.

2

Les carottes sont cuites !

Tapi derrière ses rosiers, Robert observe l'intrus qui est penché au-dessus d'un plant de carottes. Le soleil tape fort à 9 heures du matin, et Hassan a le front qui perle de sueur. Robert grince des dents en voyant ce détail. Comment ce gosse pourrait-il l'aider s'il se met à transpirer comme un bœuf alors que le soleil n'est pas encore haut ? Il s'imagine déjà en train de transporter le pauvre adolescent rachitique dans une brouette avant de la renverser dans le jacuzzi réservé aux clients de l'auberge.

— Pauvre petite chose, le douzième travail te sera fatal, murmure-t-il ironiquement.

Le gamin s'est baissé. Robert ne le voit plus. Il ne veut pas risquer de se faire démasquer. Alors, il avance sur les coudes, bravant les orties et les ronces avec la discrétion d'un commando d'élite. La mission est claire. Il doit observer l'ennemi avant de fondre sur lui.

Il se dresse lentement, le souffle court, le cœur battant si fort qu'un bataillon de points blancs danse devant ses yeux. Hassan n'est qu'à quelques mètres. Accroupi, il se gratte le haut du front en observant les fanes d'un beau vert foncé. Il ne fait rien. On pourrait croire qu'il n'ose pas y toucher.

Robert est soulagé. Personne d'autre que lui ne sait caresser la chevelure des carottes. C'est lui qui les coiffe tendrement à l'aube, qui les dépoussière du bout d'une plume pour leur donner une allure coquette. Elles sont les dames du potager, et il faut les traiter avec finesse et courtoisie. Transpirer sur leurs coiffes, c'est leur manquer de respect. Et le petit apprenti est justement en train de les tremper à grosses gouttes.

N'y tenant plus, Robert se lève brusquement de derrière sa cachette de roses, ce qui fait sursauter le gamin qui tombe à la renverse, les quatre fers en l'air.

— *Kopftomi !* Lève tes fesses de mon potager !

Hassan se redresse aussitôt. Blême, il essuie la terre qui macule son jean troué.

— Pardon, m'sieur « Woualch », vous m'avez effrayé...

— Ça se prononce « Valche », comme « vachement » contrarié ! Tu vas me faire le plaisir de déguerpir avant que je ne m'énerve sérieusement !

Hassan baisse timidement les yeux et reste planté dans le décor.

— Oh ! Cornichon ! Je t'ai dit de partir, regarde donc où tu mets les pieds ! Encore un pas de plus et tu écrasais Gi...

Robert se mord les lèvres pour ne pas révéler l'identité de Ginette, la première carotte qu'il a plantée au moment des semis. Les demoiselles portent toutes un joli prénom, c'est ce qui les rend si tendres et sucrées. Robert en est convaincu, les légumes ont une âme et, quand on sait leur parler, ils délivrent des saveurs incomparables. Son secret est bien gardé. C'est entre lui et son potager, et ce n'est pas avec un gosse dont les cheveux sont coiffés façon sac poubelle qu'il va partager sa méthode.

— Mademoiselle Elsa m'a dit de vous aider à tirer les carottes. Elle a insisté sur le fait que vous serez grognon... du coup, je fais quoi ? Je vous aide... ou je pars ?

Le gosse est tout gêné. Il fait peine à voir avec son visage ruisselant et son tee-shirt couvert de poussière. *Il n'a pas l'air bien méchant*, se dit Robert. *Et puis, les carottes n'ont pas bronché quand il s'est penché au-dessus d'elles*. Si l'ado avait été indélicat, il les aurait entendues.

— Tu veux vraiment travailler pour moi ?

— Oui m'sieur, dit-il en opinant du chef. Je pensais que je pourrais enfin m'occuper des légumes, mais on dirait que ça vous contrarie quand quelqu'un d'autre que vous s'en charge.

Robert se rapproche, les mains dans les poches de sa salopette bleu marine. Il écoute la façon dont le potager réagit. Les carottes restent attentives et les tomates tendent l'oreille. Chacune paraît accepter l'adolescent. Personne ne frémit comme à l'arrivée des cars de touristes. La voix d'Hassan est chaude, chantante, presque apaisante.

— T'as un accent bizarre, tu viens d'où ?

Le visage d'Hassan se fend d'un large sourire. C'est la première fois que Robert lui adresse la parole sans lui donner un ordre ou lui crier dessus. Évidemment, le fermier n'oserait pas se mettre dans tous ses états et risquer de perturber ses légumes chéris.

— D'Algérie, m'sieur, mais j'ai vécu à Londres durant toute mon enfance. On est arrivés en France il y a cinq ans. Maman voulait être fille au pair. Ça a été une aubaine quand mademoiselle Elsa l'a prise pour garder les jumeaux...

Les sourcils froncés, Robert toise l'ado.

— Va savoir si elle tiendra tout l'été. Il faut des nerfs d'acier pour gérer Davy et Croquette, pense-t-il tout haut.

— « Davy et Croquette » ? C'est marrant comme noms ! Il n'y avait pas un film qui s'appelait comme ça ?

— *Davy Crockett, roi des trappeurs*, ça ne te dit rien ?

Hassan hausse les épaules, perplexe.

— Les jumeaux adorent traquer des bestioles. Ce sont de vrais dénicheurs de trésors, alors je les surnomme comme ça. Et puis, ils sont capables à eux deux de monter un fort avec tout ce qui leur tombe sous la main. Alors, comme Davy Crockett a défendu Fort Alamo, je...

— Je ne veux pas vous brusquer, mais j'ai l'impression que vous faites une diversion. Vous ne voulez vraiment pas que j'apprenne à m'occuper du potager, hein ? Moi qui étais si content de venir ici et d'apprendre la cuisine dans un super cadre... c'est foutu.

Robert ne sait plus quoi dire. Le petit gars l'a bien cerné. Qui plus est, il a l'air réellement affecté d'être mis à l'écart, et Robert est sensible à ce genre de détail. Un terrible duel se joue en lui. Et s'il le laissait faire ses preuves ?

Pensif, il sort une réglisse de la poche de sa chemise avant de la ficher dans le coin de sa bouche. Sans cesser de mâcher le bâton, il saisit un seau posé près d'un robinet d'extérieur et le tend à Hassan.

— Si tu es si motivé, montre-moi ce que tu vaux. Prends ce seau et arrache les mauvaises herbes dans l'allée principale. Quand tu auras fini, tu iras au poulailler, les poules seront ravies que tu changes leur litière.

— Elsa m'a promis que je pourrais m'occuper des légumes avec vous. Je voulais apprendre à jardiner, dit-il tout penaud.

— Écoute, gamin. Ici, c'est moi qui donne les ordres. Les carottes, ça ne se tire pas à 10 heures du matin. Ma sœur t'a peut-être demandé de le faire, mais elle n'y connaît rien en légumes. Si tu veux apprendre quelque chose, il va falloir te plier aux règles, c'est clair ?

Hassan fait oui de la tête.

— Vous savez, m'sieur Walch, vos carottes, je trouve qu'elles sont vraiment très belles. J'ai rarement vu des tiges aussi jolies.

— On appelle ça des fanes, rectifie Robert.

— Vos fanes sont d'un beau vert. On avait un jardin ouvrier quand on vivait à Mulhouse, eh ben, je peux vous dire que nos carottes n'avaient pas aussi bonne mine que les vôtres.

« Bonne mine »... voilà un vocabulaire qui plaît au fermier. Le garçon lui paraît bien plus sympathique tout à coup.

— Les légumes ont besoin d'air pur pour se développer. En plein centre-ville, ils étouffent, voilà pourquoi tes récoltes étaient mauvaises, explique-t-il.

— Je pense pareil. Le grand air, c'est bon pour eux et pour les hommes, n'est-ce pas ?

Surpris par la sensibilité de l'ado, Robert reste stoïque. C'est bien la première fois qu'il aligne autant de mots avec quelqu'un. Troublé, il n'ose plus parler et reste un instant concentré sur ses carottes qui se dorent la pilule au soleil. *Veinardes, vous n'avez pas à faire la conversation, au moins*, pense-t-il en mâchouillant sa réglisse.

— Alors vous êtes d'accord ? Je peux vous aider ?

— Je vais voir ce que je peux faire de toi. Occupe-toi de l'allée, si tu parviens à tout nettoyer, je te donnerai de nouvelles fonctions dès demain.

— Ouf ! Ça me rassure. J'avais peur de faire la vaisselle et le ménage tout l'été. Et puis maintenant, je peux vous aider ! Si vous avez trop de monde, vous n'arriverez pas à tout gérer. Vous savez, j'ai envie de me rendre utile… et puis…

— Et puis tu parles beaucoup ! *Langsam*[1], petit, *langsam* ! Si tu veux que je te prenne, il va falloir que tu y mettes un bouchon !

Hassan se pince les lèvres et se redresse, presque au garde-à-vous. Depuis qu'il exerce son métier d'aubergiste, Robert a vu quantité d'apprentis et de jeunes pour des jobs d'été. Mous, les mains soudées à leur portable, le regard absent et l'allure nonchalante, les ados lui donnent l'impression d'être une espèce hybride aussi insaisissable qu'une motte de beurre en plein soleil. Il suffit d'un test pour qu'ils finissent à la porte. Celui qui survit au cagnard après trois heures passées à arracher les mauvaises herbes peut prétendre à la place de commis. Mais ce n'est pas encore arrivé. D'ordinaire, les gamins se liquéfient littéralement, si bien qu'ils abandonnent le soir venu. Hassan ne dérogera pas à la règle. S'il veut une place, il va devoir la gagner, et vu la sueur qui perle de son front, Robert est certain de pouvoir se passer du gringalet.

— J'imagine que c'est ta mère qui voulait que tu passes l'été à travailler ?

— Non, c'est moi. Quand elle m'a dit qu'on allait vivre ici de juin à août, j'ai fait des recherches sur Internet et j'ai appris que vous étiez réputé pour faire la meilleure cuisine du coin. Il m'a suffi de jeter un œil sur le descriptif

1. Doucement.

de votre auberge pour apprendre que vous faisiez tout vous-même, et bio en plus !

— Bio... bio..., souffle Robert. Tout le monde n'a que ce mot à la bouche. Comme si c'était un exploit de respecter la nature !

— En tout cas, votre commerce fonctionne. Les commentaires sont hyper positifs, et il paraît que vous vendez d'excellents bocaux artisanaux.

— Zip ! Tu pourrais fermer ta bouche de temps en temps ? Je ne m'entends plus penser !

— Pardon, m'sieur, c'est juste que je suis heureux d'être ici.

— File, maintenant, tu as du boulot qui t'attend.

Hassan saisit le seau et s'en va, la tête haute, trop heureux de passer du bon temps à l'air libre. Pour une fois, Elsa a envoyé un apprenti qui semble avoir de la bonne volonté.

Un peu déconcerté, Robert s'assied à même le sol, près des carottes. D'ici quelques heures, il devra les tirer de terre, leur faire une belle toilette et les apprêter pour le repas du soir. Car Robert ne se contente pas de semer et de veiller sur ses légumes, il en reste le protecteur et les cuisine avec amour pour les clients de l'auberge. C'est ce qui lui fend le plus le cœur. Eux ne savent pas ce qu'ils mangent. Ils n'ont aucune idée de ce que Robert a pu partager avec ses amis silencieux. Voilà pourquoi il a renvoyé Hassan aussi durement. Quand Elsa a commencé à vendre ses bocaux, il a vécu cela comme une trahison. Ses légumes devaient être dégustés là où ils avaient vécu. Les vendre, c'était les arracher à leurs habitudes. Car les carottes, les navets et les pommes de terre sont bien enracinés, ancrés dans la terre, pareils à Robert qui appartient définitivement à ce décor champêtre.

— Mes toutes belles, ce soir vous serez les reines du repas, dit-il affectueusement.

Et voilà le rustre aux moustaches mal peignées qui caresse ses fanes l'œil brillant d'émotion ! Mais le moment n'est que de courte durée, car un déferlement de cris et de rires retentit dans tout le jardin. Robert a tout juste le temps de se tourner pour voir un molosse chevauché par deux Indiens aux nattes rousses.

3

Cocas et petits tracas

— Calimero ! Au pied !

Robert a beau hurler sur son énorme saint-bernard, le bougre n'entend rien et poursuit sa course effrénée dans le potager. Les courgettes se ratatinent sous son poids, criant si fort que Robert doit mettre les mains sur ses oreilles pour ne pas entendre leur sourde douleur. Puis vient le tour des poivrons. Certains s'envolent littéralement avant de s'écraser au sol dans un tourbillon de poussière et de poils canins.

— CALIMERO !

Le chien se retourne vivement, découvrant son maître qui saute par-dessus les tomates avec la souplesse d'un éléphant courant un cent dix mètres haies ! Avant qu'il ne le rejoigne, Croquette fait volte-face. Une canne à pêche improvisée tenue d'une main, elle remue un os à moelle devant le museau du saint-bernard.

— *JESUS GOTT*[1] *!* Vous n'avez pas osé ! Et mon pot-au-feu ?! braille Robert qui est presque à leur hauteur.

— Hue ! Calimero ! Viens prendre le bon nonos ! l'encourage Croquette.

Et l'animal d'obéir bêtement sans jeter un œil à son maître qui bute contre une pierre et s'étale sur le carré réservé aux laitues.

— Mes pauvres puces, murmure Robert en se relevant. Calimeroooo !

Le chien continue sa course infernale. Il n'a d'yeux que pour l'os qui se balance devant sa truffe. Assises sur son dos, les deux canailles s'accrochent à ses flancs et poussent des cris tonitruants.

— Hou ! Hou ! Hou ! glapit Davy en tapotant ses lèvres de la paume.

— Hou ! Houuuu ! Huuuu dada ! complète Croquette qui brandit l'os bien appétissant.

Frustré de ne pouvoir atteindre sa précieuse récompense, Calimero répond par un aboiement sonore qui fait éclater de rire les deux bambins.

— Laissez-le tranquille ! braille Robert qui leur court après.

Les jumeaux l'entendent à peine. C'est dire s'ils font un boucan de tous les diables. Et le chien les accompagne en chœur, s'ébrouant pour les faire basculer, passant dans les hauts buissons en espérant perdre un chenapan au passage ; cependant, les fripouilles tiennent bon.

1. Littéralement « Jésus Dieu », soit « nom de Dieu ».

Par chance, Calimero dévie hors du potager, évitant de justesse les carottes et les carrés réservés aux citrouilles et aux pommes de terre. Robert est à bout de souffle. Son léger embonpoint ne l'aide pas, et il faut dire qu'il n'a jamais eu ni le physique ni les aptitudes d'un athlète. Au collège, il était plutôt du genre « bedaineux » et excellait dans les sports d'adresse et de concentration. Pour ce qui était de la rapidité, il trouvait une excuse pour être exempté de cours.

— Mon vieux Robbie, tu aurais mieux fait de freiner sur le *wurst*[1] ! s'exclame-t-il en empruntant le chemin caillouteux qui mène à l'entrée de l'auberge.

Il ne voit devant lui qu'un impressionnant nuage de poussière. Le chien est en train de retourner toutes les jolies pierres blanches qu'Elsa a fait installer l'an passé. C'est bien. Robert ne les aime pas de toute façon. Troquer sa jolie pelouse pour des cailloux récupérés à l'autre bout de la France, voilà qui l'avait mis dans une sacrée colère ! Il s'en frotterait presque les mains s'il ne craignait de ralentir sa course. Car au bout du chemin, pile du côté des cuisines de l'auberge, se trouve le poulailler. Rien que d'imaginer Calimero au milieu de ses poules le rend fou de rage.

Son sprint final lui coupe le souffle, mais il tient bon. Il ne voit même plus devant lui tant la sueur lui coule devant les yeux. Il doit rattraper le molosse et punir les deux canailles, dont les

1. Saucisse de viande.

rires font sursauter les poules devenues hystériques. Robert ne se trouve plus qu'à quelques mètres. Il le sent à l'odeur rassurante de la paille et des fientes de volaille. Encore un gros effort ! Sans réfléchir, sans remarquer la silhouette qui vient de plaquer Calimero juste à l'entrée du poulailler, Robert se jette dessus à son tour. Et vlan ! Le voilà par terre, les quatre fers en l'air, agacé par Calimero qui lui lèche prodigieusement les joues sous l'œil écœuré des jumeaux.

— Bêêêh ! Une toilette baveuse ! se moque David.

— Tonton, tu es si poilu qu'il croit que tu es un toutou ! surenchérit Charlotte, mignonne de naïveté.

Robert repousse vivement l'énorme tête du saint-bernard et, avant qu'il n'ait le temps de se lever pour attraper les enfants par les oreilles, les deux voyous sont saisis par les bretelles, époussetés vivement et fessés gentiment par leur gardienne.

— Vous allez me faire le plaisir de retourner au potager et de réparer vos dégâts ! gronde Fatima.

Trop essoufflé pour réprimander la nounou, Robert dévisage cette femme de petite taille au corps sec et aux joues creusées. Ses longs cheveux noirs frisent sur sa poitrine ruisselante de sueur. Malgré son physique de jeune fille, elle a couru et a fini par rattraper Calimero avant lui.

— Fatiiimaaa ! On voulait zuste zouer ! minaude Charlotte.

Honteux, David garde les yeux rivés sur ses baskets et laisse sa sœur gérer la situation. Évidemment, cette vilaine course à travers le potager ne pouvait qu'être une idée de Charlotte.

— Ze ne veux rien entendre, se moque Fatima. Et ce n'est pas la peine de prendre des airs de bébé pour m'attendrir. Cherchez un seau, allez au potager, ramassez les légumes qui sont tombés et apportez-les en cuisine.

— Mais...

— Il n'y a pas de « mais » qui tienne ! Vous croyiez sincèrement que ce pauvre chien avait envie que vous le malmeniez comme ça ? Et vous avez vu votre oncle ? Vous savez le temps qu'il passe à s'occuper de son potager ? Vous lui devez au moins des excuses !

Les petites terreurs baissent les yeux. *Les jumeaux pourraient presque être mignons quand ils se sentent coupables !* songe Robert en souriant. Croquette et Davy sont peut-être ingérables, mais cela n'enlève en rien leur grand cœur, et c'est sans surprise que leur oncle ouvre les bras pour qu'ils s'y blottissent.

— Pardon, tonton *Kopftomi*, s'excuse timidement Charlotte.

— On sait que tu aimes tes légumes plus que nous..., complète David tout penaud.

Le cœur d'artichaut du fermier se serre. Il aime profondément son neveu, peut-être trop pour trouver les mots et les gestes afin de lui transmettre son affection. David a l'habitude de le voir se lever aux aurores pour arroser ses carrés, il lui arrive même de l'escorter à la saison des semis. Il sait combien chaque légume compte pour son tonton. Peut-être envie-t-il les tomates et les courgettes que son oncle embrasse tendrement avant d'aller se coucher ?

— Je vous aime différemment, mes *fuchsala*[1], avoue Robert tout en repensant aux paroles d'Elsa. Vous savez, il est plus facile pour un vieux bourru comme moi de s'adresser à ses légumes plutôt qu'à deux petites tornades.

— Pourquoi ça ? demandent les enfants.

— Parce qu'ils ne bougent pas et ne posent pas dix mille questions ! répond-il en leur faisant un clin d'œil. J'apprécie le calme et, parfois, j'ai besoin d'être seul, mais cela ne veut pas dire que vous valez moins que les habitants de mon potager.

— Tu ne nous en veux pas, alors ?

Robert regarde autour de lui pour estimer les dégâts. Pour sûr, il enrage à la vue de ses tomates écrasées, mais il se contient. Au moins, Elsa n'aura pas à lui faire de reproches.

— Calimero n'a pas trop souffert et il a évité de justesse les plans les plus jeunes. Suivez donc les conseils de Fatima, et récupérez tout ce que vous avez fait tomber…

— Même les courgettes écrabouillées ? demande Charlotte.

Un tic secoue la moustache droite de Robert.

— Même les écrabouillées, répète-t-il. Tout légume, même blessé, mérite d'être cuisiné.

---

1. Petits renards : surnom affectueux évoquant leur rousseur et leur caractère très rusé.

— Et les aubergines réduites en bouillie ? continue-t-elle.

Un nouveau tic secoue cette fois sa moustache gauche. Robert voit bien que la petite fille le taquine. Le mettre hors de ses gonds est sa plus grande fierté. Or, ce matin, Elsa lui a dit d'être plus expansif, et c'est avec une certaine nostalgie qu'il se souvient avoir été un enfant aussi turbulent que les deux rouquins réunis.

— Toutes les victimes finiront en ratatouille, que vous le vouliez ou non ! ricane-t-il en leur embrassant les joues.

— Oh non ! Pas une ratatouille ! se plaint Charlotte.

— Il faut bien que vous soyez punis, réprimande Robert qui se relève.

Les garnements suivent son exemple et partent avec les seaux récupérés devant le poulailler.

— Tu vois, je t'avais dit que c'était une mauvaise idée, chuchote David en assénant un coup de coude à Charlotte.

— Calimero n'avait qu'à éviter ces horribles légumes ! Quand je pense qu'il aurait pu ratatiner les fraises...

— Ou les framboises !

— On aurait eu droit à une tarte de Linz ! La prochaine fois on...

— Il n'y aura pas de prochaine fois, tranche Fatima qui les attrape par les épaules. Allez réparer vos bêtises et revenez illico en cuisine. On aura besoin de vous pour tout préparer.

— Oui, Fati, répondent-ils en chœur.

Elle leur sourit et finit par les embrasser tous les deux. Quand elle se retourne, Robert a disparu ; elle n'entend que sa voix qui s'est adoucie. Curieuse, elle s'approche et reste un long moment à l'écouter. Le fermier ne semble pas l'avoir aperçue et parle sans discontinuer.

Accroupi devant l'enclos aux poules – un espace entouré d'une simple barrière en bois dans lequel elles peuvent gambader –, il s'adresse à elles avec tendresse afin de les apaiser.

— Tout va bien, mes coquettes. La tempête est passée. Et puis, vous savez très bien que Calimero ne vous ferait aucun mal. Il est un peu rude, mais c'est une bonne pâte !

Le chien se rapproche et pose son énorme museau sur la barrière. Robert lui tâte le crâne affectueusement avant d'y déposer un baiser.

— C'est vrai qu'il est balourd et franchement trop gras, assez pour effrayer les clients, alors vous, mes petites poulettes, vous avez dû avoir une peur bleue en l'entendant cavaler jusqu'ici.

Calimero s'ébroue, vexé par les paroles de son maître.

— Pas la peine de bouder, je t'ai déjà dit d'arrêter de te laisser marcher sur les papattes ! Ces petits garnements savent parfaitement t'amadouer… Je ne sais pas ce que je vais faire à manger à midi sans os à moelle. Je parie ma moustache que les gosses ont tout laissé en plan et que le reste de la viande est bon à jeter.

— Vous pensez bien, confirme Fatima qui l'observe depuis la porte.

Robert fait un tel bond qu'une poule finit par lui sauter pile entre les bras.

— Ça va pas d'effrayer les gens ? Vous avez vu l'état dans lequel se trouve Géraldine ?

— Votre Géraldine s'en remettra. Elle a un gentil protecteur qui sait la câliner, dit-elle en souriant.

Robert rougit. Il est rare qu'il rencontre une personne aussi positive.

— Les gamins en ont pour moins d'une demi-heure, pile le temps nécessaire pour préparer la pâte, dit-elle mystérieusement avant de se diriger vers la sortie.

— À votre place, je ne serais pas aussi catégorique. Ces fripouilles ne sont pas faciles à dompter. Croyez-moi, ils ont déjà échappé à votre surveillance, ils doivent préparer un nouveau tour, dit-il tout en caressant Géraldine.

— Les enfants ont besoin qu'on les responsabilise et qu'on leur fasse confiance. Ramasser les légumes est un jeu amusant qui leur permettra de voir l'étendue de leur bêtise.

Robert se mordille nerveusement les lèvres. Il déteste cuisiner des légumes qui ont souffert et la perspective de rattraper les dégâts causés par ses neveux ne l'enchante pas. Alors, savoir que ces deux-là errent dans le potager ne fait qu'augmenter ses craintes.

— Soyez tranquille, j'ai vu qu'ils étaient désolés pour vous. C'est assez pour aujourd'hui. Aucune autre courgette ne sera martyrisée par vos neveux, promis !

— Parce que vous êtes dans leur tête pour prévoir leurs prochaines frasques ?

— Je suis l'aînée d'une famille nombreuse. J'ai veillé sur mes frères et sœurs comme une mère, ayez confiance, je connais les gosses.

— Si bien qu'ils finissent par chevaucher un pauvre chien et par massacrer mon jardin !

— Ouh ! Mais quelle tête de mule ! Ce ne sont que des enfants ! s'exclame Fatima tout en lui souriant gentiment.

Robert n'ose pas lui répondre. Fatima est le genre de femme qui l'intimide par sa gaieté et sa fermeté. Sa mère se comportait de la même façon. Optimiste et joyeuse, elle s'imposait par sa capacité à mener la ferme avec autant de douceur que de sévérité. Un sacré bout de femme, Mireille Walch.

— Toutefois, je vous dois des excuses, continue Fatima. Votre réputation vous précède. Il semblerait que vous soyez la seule personne aux alentours à obtenir des tomates aussi belles que goûteuses durant tout l'été. Mon grand-père disait qu'un vrai jardinier sème une partie de son cœur, et je vois bien que la bêtise de vos neveux vous a blessé.

Robert hoche doucement la tête. Il ne peut en vouloir à une femme aussi douce et spontanée. Il aime la franchise et les gens respectueux. Deux qualités que Fatima vient de lui révéler.

— Vous semblez être une bonne nounou. Cependant, je ne comprends pas comment mes neveux ont atterri ici. Depuis dix jours que vous êtes là, ils se tiennent à carreau, alors que s'est-il passé ce matin ?

— Ils ont eu le temps de prendre la poudre d'escampette pendant que je m'occupais de mon garçon. J'ai vu qu'il travaillait en plein soleil sans eau ni chapeau. J'ai donc demandé aux jumeaux d'attendre un peu le temps que je réunisse de quoi lui éviter une insolation. Mais ils en ont décidé autrement.

La moustache de Robert tressaute à l'évocation d'Hassan. En lui donnant un coup de pouce, sa mère l'a certainement aidé à achever le douzième travail. Et le fermier sera contraint de tenir sa promesse.

— Ce cornichon n'avait qu'à prendre ses précautions. Quand on travaille, on n'a pas toujours sa maman avec soi pour veiller à son confort, peste Robert.

— Le cornichon en question s'appelle Hassan. Et oui, vous avez raison, je le materne trop. C'est pour cette raison qu'il travaille cet été, il doit apprendre à être autonome. Maintenant, si vous voulez éviter qu'il n'y ait d'autres dégâts, accompagnez-moi en cuisine, parce que c'est là-bas que vos neveux m'attendent.

Effrayé à l'idée qu'une autre personne que lui se mette aux fourneaux, Robert pose Géraldine et emboîte le pas à Fatima qui marche vers l'entrée de l'auberge.

Au loin, il peut voir Elsa aider les voyageurs à décharger leurs valises, accompagnée par Hassan qui a posé une énorme brouette de mauvaises herbes au milieu du chemin. Robert est stupéfait. Le gamin a bossé plus que de raison. Il en oublierait presque pourquoi il suit Fatima d'un pas aussi déterminé.

— Vous avez dix réservations pour ce midi et le plat du jour attend en cuisine…

— La faute aux jumeaux, coupe Robert.

— Ce ne sont pas eux qui sont restés presque une heure à papoter avec les poules, rétorque-t-elle en montant les marches de l'entrée principale.

Robert fulmine. Un regard d'Elsa dans le couloir lui suffit pour comprendre qu'il doit garder son calme devant les clients. Il ne passe que très rarement par ici. Il a l'habitude d'emprunter les portes qui ouvrent directement sur le jardin. Fatima lui a fait faire un sacré détour.

— Il y a un passage du potager aux cuisines, on a perdu cinq minutes à cause de vous, dit-il tout en poussant la porte qui y mène.

— On ne va pas chipoter pour quelques minutes.

— Oh que si ! s'exclame-t-il en constatant que tous les bons os à moelle traînent sur le plan de travail et sont attaqués par les mouches. Il est presque 11 heures. J'aurais dû mettre ma viande à cuire il y a deux heures et… et…

Il est tellement paniqué qu'il ne parvient plus à aligner deux mots. D'un geste las, il récupère la viande et la jette à la poubelle avant de tout nettoyer énergiquement.

— Je ne sais même pas avec quoi je vais accompagner cette fichue ratatouille, grogne-t-il.

Au même instant, les jumeaux glissent leurs frimousses dans l'entrebâillement de la porte extérieure. Ils sont tout fiers de porter deux seaux pleins d'aubergines, de courgettes et de tomates à moitié écrasées. Force est de constater que Fatima a raison. Leurs mines réjouies soulignent le plaisir qu'ils ont eu durant leur petite récolte.

Soucieuse de préserver cette petite accalmie, Fatima met un doigt sur ses lèvres pour leur dire de rester calmes.

— Posez tout ça sur la table, les enfants. Vous allez laver les légumes et après, votre oncle et moi, nous nous chargerons de les cuisiner.

— Parce que vous savez faire apparaître un morceau de viande ? On ne peut pas faire d'une ratatouille un plat principal ! Et puis je suis livré au jour le jour, ici il n'y a pas de congélateur.

— Pas besoin de viande pour cuisiner de délicieuses *cocas*, répond-elle sans cesser de sourire.

— Du soda ? s'exclame Charlotte en riant. Ah ! C'est meilleur que la ratatouille !

— Non, des *cocas*. Ce sont des chaussons algériens. On les fourre avec une sorte de ratatouille et on les sert accompagnés de salade. Si votre oncle est d'accord, vous pourriez demander à Hassan de récupérer trois grosses laitues.

Robert fait oui de la tête. Une salade a besoin d'être coupée au pied, n'importe qui saurait s'y prendre. Et puis, le gamin a dit avoir eu un potager citadin.

— Prenez celles qui se trouvent au centre du carré de salades, conseille Robert. Laissez les grosses qui entourent les courgettes. Elles leur apportent de l'ombre et, avec le soleil qui tape en ce moment, cette petite proximité leur fait du bien… Allez-y et rappelez à Hassan de prendre une pause avant d'attaquer le nettoyage du poulailler. Je ne veux pas avoir de soucis avec sa maman.

Fatima manque d'éclater de rire et ouvre la porte aux jumeaux qui disparaissent aussitôt.

— Bien, allons-y ! s'exclame-t-elle en se dirigeant vers le plan de travail.

— Attendez, cette cuisine est à moi. Les gosses, c'est votre domaine, mais ici vous êtes sur mes terres…

— Vous connaissez la recette de la pâte à *coca* ?

— Non, répond Robert.

— Vous avez une autre idée de menu, peut-être ?

— Oh ! C'est bon ! Vous vous chargez de la pâte et moi des légumes…

— Si ça vous fait plaisir. Allez ! Aux fourneaux ! s'esclaffe-t-elle en enfilant un tablier.

Perturbé par l'enthousiasme de Fatima, Robert se laisse guider. Habituellement, il parvient à dissuader les gens, qui finissent par refuser de travailler avec lui. Mais pas Fatima. Elle ne semble pas affectée par son côté ronchon. Au contraire, elle l'accepte et lui parle sans lui faire de reproches.

Il ne lui faut que quelques minutes pour s'approprier la cuisine. On pourrait croire qu'elle y travaille depuis toujours. Sérieuse et souriante, elle pétrit la pâte tandis que Robert découpe consciencieusement tomates, oignons et poivrons. Personne à part lui n'a le droit à ce privilège, et Fatima l'a bien saisi.

Ensemble, dans la chaleur de la pièce, ils cuisinent sans échanger un mot. La voix de Fatima retentit parfois lorsqu'elle chantonne un vieil air d'Algérie. Un parfum d'Orient flotte dans la cuisine et titille Robert. Le voyage est olfactif et visuel. Les chaussons bien dorés sont délicatement scellés à la fourchette qui forme de belles dentelles pour enfermer les légumes grillés à l'huile d'olive. Dans le four, la première plaque embaume l'air d'une odeur douce et sucrée.

— Ma grand-mère nous préparait régulièrement ce plat, c'était le seul moyen pour qu'on avale des légumes ! se souvient Fatima qui retire la plaque. Quand ils sont cachés dans un écrin aussi joli, on a juste envie d'y croquer pour découvrir le secret qu'il dissimule.

Robert approuve d'un hochement de tête. Il lui suffit de regarder les superbes chaussons pour en avoir l'eau à la bouche. Lui qui a l'habitude des plats européens, le voilà irrésistiblement attiré par le goût de la nouveauté.

— Prenez-en un, je vois bien que vous en mourez d'envie.

— Ça se voit tant ?

— Vos moustaches frétillent d'impatience !

Happé par la curiosité, Robert saisit un chausson par son extrémité avant de le passer sous ses narines. Une bonne odeur d'huile d'olive et de jaune d'œuf s'en échappe. Les légumes sont presque absents de ce bouquet olfactif, comme préservés par la pâte. Celui qui ignore comment la *coca* a été préparée ne peut deviner le trésor qui y est enfermé. Cette idée ne fait qu'attiser la gourmandise de Robert et c'est avec un plaisir inouï qu'il croque une pointe croustillante.

Il plonge aussitôt dans un voyage intime et aussi clos que la croûte dorée. Sous cette enveloppe, il découvre une saveur riante et dynamique. Il lui semble entendre les piaillements joyeux des jumeaux se confondre avec la tendre mélodie que chantonne Fatima. C'est une osmose parfaite entre deux univers. L'association des souvenirs de Fatima à une terre ancienne et fertile arrosée par les pluies alsaciennes. Par cette bouchée, Robert découvre pour la première fois le sens du mot « voyage ».

4

Dormir avec les poules

Le soleil décline doucement à l'horizon. La journée est passée à toute allure.

Après avoir rattrapé les dégâts causés par ses neveux, Robert s'est attelé à la préparation d'une cinquantaine de *röstis* aux pommes de terre et aux courgettes. Personne d'autre dans la région n'ose changer cette recette traditionnelle. Seul Robert a l'audace d'y ajouter des courgettes, car il est aussi le seul à qui elles ont confié un secret. Un soir, les courgettes lui ont murmuré qu'elles voulaient se marier avec les patates. Depuis, le fermier satisfait leur souhait en les unissant dans une délicieuse galette.

Ce plat l'occupe toujours de longues heures et Robert n'a pas quitté la cuisine de toute la journée. Hassan n'étant pas venu le voir après avoir fini son travail, il en a déduit que le gamin avait abandonné, lui laissant la liberté de travailler seul, avec ses pensées et ses rituels rassurants.

Par habitude, le fermier prend le temps de nettoyer tendrement les courgettes, de les éplucher et de les mouliner dans un silence presque religieux. Le moulinage demande beaucoup de douceur, un peu comme lorsque Elsa démêle la tignasse de Charlotte. Les courgettes glissent sous le fil de la moulinette, lentement, formant de gracieux serpentins qui dansent sous les doigts de Robert. Cela est long, minutieux et incroyablement délicat.

Penché au-dessus de la casserole où cuisent les champignons en sauce, Robert hume le doux parfum boisé qui s'en dégage. Ce soir, le menu est léger et champêtre. Rien de tel après une journée sous le cagnard. Bien qu'il n'apprécie pas la compagnie des clients de l'auberge, il aime leur préparer de bons plats. La cuisine l'apaise, lui permet de continuer sa communion avec les cadeaux que lui offre son potager. Connaissant son penchant pour la gastronomie, Elsa lui a proposé de changer la ferme en auberge afin qu'il s'épanouisse dans l'art culinaire, mais surtout pour sauver les murs de la maison familiale. La cuisine et la famille. Elsa avait utilisé les bons arguments pour convaincre son frère de le suivre dans son projet.

Au fond, Robert apprécie qu'Elsa ait transformé la vieille demeure. Elle a mis du cœur à l'ouvrage et s'est démenée pour aménager la grange dans laquelle ils jouaient à cache-cache durant leur enfance. Elle a sauvé leur héritage familial, donné une nouvelle vie aux murs qui les ont vus grandir, et effacé les rides qui crevassaient la façade de la maison.

— Robbie, tu es prêt pour le coup de feu ? demande Elsa en entrant dans la cuisine.

Sans quitter sa casserole des yeux, Robert lui fait signe de chercher les assiettes.

— Les *röstis* ont fini de cuire et les champignons sont prêts…

— Top ! Tu as fait du bon travail ! s'exclame-t-elle en humant le délicieux parfum qui embaume la pièce.

Aussi rapide qu'une souris mexicaine, Elsa s'empare des assiettes, les dresse et s'empresse de les poser sur deux immenses plateaux. En l'espace de quelques minutes, la tornade rousse envoie la trentaine de commandes du soir. Sa rapidité crée un contraste saisissant avec la fausse mollesse de son frère. Les deux se complètent parfaitement.

La soirée se déroule au rythme des allées et venues d'Elsa qui revient chargée de vaisselle à laver. Robert ressent toujours une grande satisfaction en découvrant les assiettes bien propres, les contours bien saucés et nettoyés à la mie de pain. Ce soir encore, le repas a été un franc succès. Un succès que Robert fête seul.

Au début, Elsa passait un long moment avec lui à lui raconter les réactions des clients et à s'extasier sur les saveurs des plats. Mais Robert s'en est vite lassé. La capacité d'Elsa à parler sans discontinuer l'épuisait, et puis il avait le sentiment qu'elle lui ravissait des moments de solitude nécessaires à son équilibre. La nuit tombant, Robert savoure la douce chaleur de la cuisine, quand les fourneaux sont éteints et que les parfums de légumes grillés embaument encore l'air. C'est un peu comme un adieu pour le fermier, un dernier dialogue avec l'essence de son potager qui flotte tout autour de lui.

Toutefois, ce soir, un nouveau parfum glisse sous la porte de sa cuisine. Robert pose une assiette qu'il vient d'essuyer et découvre Fatima, une théière à la main.

— J'ai vu de la lumière, alors j'ai pensé que vous voudriez un bon thé.

Les effluves sont particulièrement agréables. Robert doit l'avouer, après une grosse journée de travail, la petite attention de Fatima est la bienvenue.

— À la menthe, je suppose ?

— De votre jardin évidemment, dit-elle en lui adressant un clin d'œil.

D'un hochement de tête, Robert approuve la présence de la nounou, puis continue son travail tandis qu'elle lui sert une tasse fumante. Les fragrances mentholées envahissent l'espace et rassurent Robert. Il sent que Fatima l'a coupée avec nostalgie, certainement en repensant au thé préparé par un membre de sa famille.

Ils n'échangent pas un mot. Le fermier n'a pas envie de parler. Fatima ne tente pas de faire la conversation. Elle se contente d'observer Robert qui s'est installé sur une chaise pour siroter sa tasse.

Depuis son arrivée à l'auberge, Fatima ne s'est jamais trouvée en présence de Robert plus de quelques minutes. Ce dernier, enfermé dans sa cuisine ou accroupi près de ses tomates, était rarement visible. L'épopée canine des jumeaux lui a au moins permis de rencontrer le frère de la femme qui l'a engagée.

Après avoir passé la matinée à préparer des *cocas* à ses côtés, Fatima s'est rapidement prise d'affection pour ce gros nounours alsacien. En le voyant soigner ses légumes « blessés », elle a perçu la douceur particulière et attendrissante d'un homme solitaire. Sous ses airs renfrognés, le quinquagénaire n'en reste pas moins tendre et affectueux. Peut-être pas envers les humains, mais avec les légumes et les animaux.

Durant son enfance, Fatima a grandi à la ferme. Elle se souvient avec nostalgie de son papy et de son amour pour les chèvres et le lait bien frais. Cet homme aux allures froides passait le plus clair de son temps à parler à ses animaux, à les apprivoiser pour les mettre à l'aise afin de leur soutirer quelques gouttes du précieux or blanc. Il était patient, attentif, et extrêmement rêveur. Fatima l'adorait, et Hassan encore plus. Alors, en voyant Robert s'occuper de ses courgettes avec autant de délicatesse, elle s'est surprise à penser à son papy.

— Le thé vous plaît ?

— Il est parfait, dit-il en buvant une dernière gorgée. C'est gentil d'avoir pensé à m'en apporter.

Il se lève, nettoie sa tasse et se dirige vers la porte sans dire un mot de plus.

— Elsa a raison, vous n'êtes pas du genre bavard.

Robert se retourne, l'air blasé.

— C'est elle qui vous a envoyée ? Elle voulait que vous me fassiez la conversation ?

Un brin amusée par la mine renfrognée de Robert, Fatima se hisse sur le plan de travail et s'y assied en balançant les jambes.

— Non, je suis venue de moi-même, je me sens bien ici. Et j'apprécie les gens qui ne parlent pas pour ne rien dire.

Robert reste sans voix, les yeux posés sur les pieds de Fatima qui s'agitent dans le vide. Dans une cuisine professionnelle, ce genre d'attitude aurait éveillé les foudres d'un chef, mais pas celles de notre fermier expert en « carottologie ». La posture de Fatima est celle qu'il prenait quand il était enfant. Il appréciait lui aussi de poser ses fesses tout près du four encore chaud. En s'asseyant ainsi, Fatima crée un lien avec le grincheux. Ce sont les petits détails qui comptent pour lui, et celui-ci lui prouve que la jeune femme a su garder son âme d'enfant.

— Bien, j'imagine que vous vouliez parler de l'épisode de ce matin. Vous m'avez sauvé la mise avec vos *cocas*, alors que rien ne vous y obligeait. Merci.

Convaincu d'avoir trouvé le mot juste pour couper court à la conversation, Robert pose la main sur la poignée de la porte menant au jardin.

— Vous êtes pire qu'une anguille ! s'esclaffe Fatima.

— L'anguille vous souhaite une bonne nuit et vous demande de quitter les lieux.

Fatima descend de sa place et rejoint le fermier sur le pas de la porte.

— Pour être franche, je voulais savoir ce que vous comptiez faire de mon fils, avoue-t-elle.

— Je ne l'ai pas vu de la journée, j'imagine qu'il a dû jeter l'éponge.

— Jeter l'éponge ? Hassan !? Vous pouvez lui reprocher de rêvasser, mais c'est un bosseur. Il ne vous décevra pas.

— C'est un rêveur ? demande Robert.

— Oui, Hassan est un garçon très solitaire et imaginatif. Si vous saviez la joie qu'il se faisait de travailler ici ! Il a toujours voulu avoir un potager, alors quand nous avons trouvé l'annonce de votre sœur pour garder les enfants et qu'il a vu que vous cherchiez un apprenti, il a sauté sur l'occasion.

— C'est Elsa qui a rédigé cette annonce, pas moi. Inutile d'essayer de me convaincre. J'en ai rencontré des parents qui vantent les talents de leur ado pour obtenir un job d'été, et c'est toujours le même refrain. « Mon fils est un bosseur, mon fils est sérieux » et au final, c'est smartphone et « je me tourne les pouces » toute la journée !

— Tout à fait le genre d'Hassan ! s'exclame Fatima, ironique.

Elle croise les bras sur sa poitrine et toise Robert avec l'air d'une maîtresse d'école. Au moins il comprend pourquoi les jumeaux sont au garde-à-vous quand elle est dans les parages.

— Vous l'avez vu au téléphone depuis dix jours ?

Robert réfléchit. Il s'est toujours arrangé pour tenir Hassan loin de lui. Pour ainsi dire, tout ce qu'il sait du jeune homme, c'est qu'il est capable de suivre les instructions qu'il lui donne chaque matin et de rester à l'écart.

— Non, je ne l'ai pas vu agir comme les autres, murmure-t-il.

— Peut-être parce qu'il n'est pas comme eux. Hassan n'est pas collé à son portable car il a très peu d'amis. Les gamins au lycée ont tendance à être méchants avec lui. Vous savez, quand on est discret et que l'on a la tête dans les étoiles, il n'est pas facile de trouver sa place.

La sincérité de Fatima touche Robert. Le portrait qu'elle dresse de son fils aurait déplu à de nombreux employeurs, mais pas au fermier. Chez lui, la rêverie est primordiale si on veut connaître les secrets d'un jardin.

— Vous disiez qu'il tenait à avoir ce travail... pour quelles raisons ?

— Vous devriez lui poser la question vous-même. Donnez-lui sa chance. C'est un jeune homme très calme et attentif. Il fera ce que vous lui direz et respectera les consignes.

— Pourquoi lui ferais-je confiance ? La plupart des gamins de son âge ne sont pas capables de cueillir une tomate sans écraser mes haricots, ou...

— Hassan n'écrasera rien. Ne le renvoyez pas. Ce job est une parenthèse pour lui. Après l'été, il retournera au lycée, où il sera mis à l'écart. Donnez-lui l'occasion de s'épanouir et de faire quelque chose qu'il aime.

Un sentiment de culpabilité envahit Robert à l'idée d'avoir isolé Hassan. C'est un rêveur, un gosse solitaire et rejeté, qui deviendra lui aussi un vieux grincheux s'il continue à subir les moqueries et à s'enfermer dans sa coquille.

Les souvenirs affluent. Robert entend encore leurs brimades. Il ressent les coups et les insultes. Le vilain croche-pied qui lui a valu cette lèvre fendue qu'il cache sous ses moustaches, les crachats et les rires... tout lui revient. Si Hassan vit cela, alors Robert ne peut pas se comporter comme ceux qui le harcèlent.

— Vous devriez faire un tour au poulailler. Vous constaterez que le travail a été fait. Tenez votre promesse.

— Nous verrons ça demain. Je vais me coucher.

Il ferme la porte derrière lui et part sous la nuit étoilée. Fatima le suit du regard. Légèrement voûté, Robert se dirige vers son poulailler.

Les jolies cocottes doivent dormir à cette heure. Robert a pris l'habitude d'aller leur souhaiter bonne nuit avant de récupérer leurs œufs cachés sous la paille. Chez lui, pas de batterie, pas de cage. Un simple enclos entoure un grand espace de terre battue sur laquelle il renouvelle tous les deux jours une épaisse litière. Si Hassan a bien travaillé, la paille doit être fraîche et les poules à l'aise dans leurs petites maisonnettes colorées.

Robert pousse la porte et se raidit aussitôt. Dans la pénombre, à peine éclairé par un rayon de lune qui s'insinue par le vieux toit de chaume, il aperçoit un homme qui tient une petite poule contre sa poitrine et qui la berce tendrement. C'est Hassan, et il ne l'a pas vu. Aussi discrètement que possible, Robert se dirige derrière l'énorme monticule de foin amassé à l'entrée. De là où il se trouve, il entend le léger tintement de clochettes de la dizaine de chèvres qui dodelinent de la tête en dormant. Ce qui le tranquillise d'autant plus, c'est la voix délicate d'Hassan qui s'adresse à Léopoline, la cadette des filles de Géraldine. Elle est la plus peureuse et a souvent besoin d'être rassurée pour s'endormir. En la voyant recroquevillée dans les bras d'Hassan, il se dit que, après sa frayeur du matin, la pauvrette a dû rester cachée pendant un long moment. Il avait demandé à Hassan de s'occuper du poulailler après avoir nettoyé l'allée, et force est de constater que les poules sont endormies et repues !

Un sourire se dessine sur les lèvres de Robert. Pour la première fois en une dizaine d'années, un jeune a entièrement rempli son contrat. Dès demain, il pourra en faire son commis et tenir la promesse qu'il lui a faite le matin même. Il pourrait être réticent à l'idée de déléguer du travail à une autre personne, sauf qu'Hassan n'est pas comme les autres. Il lui suffit de tendre l'oreille pour l'entendre parler à Léopoline. Les mots d'une douceur envoûtante content une fabuleuse histoire de poules et de grains d'or.

Les paupières de Robert se ferment lentement, guidées par les paroles d'un ado à l'imagination débordante. Dans son conte, Cocoricote veut apprendre à voler. Aidée par son ami, un gros chien nommé Calimero, elle se laisse entraîner par le toutou qui court à vive allure. Changer la peur du matin en un acte amusant, voilà ce qu'on pouvait faire de mieux pour calmer les craintes de la petite Léopoline. Tranquille, la charmante poule d'un blanc de neige s'est endormie, tout comme Robert dont les moustaches font vibrer la paille qui lui sert de *kessala*[1].

1. Petit oreiller.

5

En avant tourte !

Malaxer la pâte est une occupation que Robert affectionne depuis sa plus tendre enfance. Il aime enfoncer les doigts dans le beurre mou, sentir sa texture huileuse et douce glisser sur sa peau tandis qu'il la mêle à la farine en pluie. Lentement, la poudre blanche tombe dans l'énorme jatte, couvrant la main de Robert qui pétrit le beurre pour en faire une boule. L'opération est longue, millimétrée. Il ne faut pas aller trop vite. La pâte doit se former petit à petit jusqu'à ce que le beurre ait absorbé la farine pour ne faire qu'un avec elle. Cela lui prend de longues minutes, car la quantité qu'il doit préparer est gargantuesque. La jatte dans laquelle se trouvent les ingrédients est aussi profonde et insondable que le sac fourre-tout de Mary Poppins ! Robert y disparaît presque à force d'y enfoncer ses avant-bras, laissant échapper des volutes de farine.

Certains mettraient le tout au robot pour aller plus vite. Robert trouve cela barbare et irrespectueux. *Une bonne pâte se prépare toujours avec les mains*. Sans cela, elle n'aurait pas le même goût, car elle serait pétrie sans passion. C'est ce que sa mère lui disait lorsqu'il était encore tout petit. Debout sur une chaise en rotin, il l'observait pendant des heures. Ses beaux cheveux blonds attachés en queue-de-cheval, une main souvent placée sur son front pour retirer une mèche rebelle, elle était d'une beauté simple et délicate sous les lueurs de la lampe à pétrole.

Robert entend encore sa voix alors qu'il pétrit l'appareil à pâte feuilletée. Attentif, il écoute les conseils tendres de cette mère attentionnée, toujours penchée sur son épaule, prête à lui déposer un baiser dans le cou. Elle était bien la seule à pouvoir l'embrasser. Cet amour exclusif, il l'a gardé en lui comme un trésor. Avare, il empêche quiconque d'y accéder. Personne ne peut deviner que son cœur n'a pas changé depuis ses dix ans. Que les seuls sentiments d'amour qui le font vibrer sont ceux qu'il éprouve pour sa mère, partie alors qu'il allait encore à l'école primaire.

Une larme tremble sur sa joue et finit par tomber dans la préparation. Inutile d'ajouter du sel. Tel est son secret pour faire une tourte au goût de nostalgie. Car cette larme est celle d'un petit garçon qui s'emploie à faire revivre le souvenir de sa maman. Voilà pourquoi les touristes affluent pour déguster ses tourtes au munster. Parce que ce n'est pas une simple spécialité alsacienne qu'ils découvrent à l'auberge des Walch, mais tout un héritage, un concentré de souvenirs et d'amour qui n'attend qu'à être savouré.

— Tu es bien jolie ce matin, murmure-t-il en la saupoudrant de farine. On dirait les fesses d'un bébé.

Robert rit doucement tout en talquant la surface moelleuse qu'il fait rouler sur le plan de travail. La pâte doit peser trois bons kilos. Le poids d'un joli bébé justement. Et ce poupon bien dodu, Robert en prend soin pour qu'il garde toute sa douceur.

Hassan n'a pas raté une miette du spectacle. Caché derrière la porte entrouverte, il observe la scène en souriant. La suite des opérations est d'autant plus surprenante. D'un geste ample, Robert recouvre un bon mètre de plan de travail avec de la farine. On dirait un chef d'orchestre. Un peu comme Louis de Funès dans un film qu'Hassan a vu quand il était petiot. Le fermier ne lésine pas sur les efforts, et étend progressivement l'énorme boule sur la surface farinée.

Hassan retient son souffle en le voyant sortir un immense morceau de beurre du frigo. Il n'en a jamais vu d'aussi gros.

— Incroyable, lâche-t-il.

Robert se retourne et remarque la présence de l'adolescent.

— Que fais-tu debout si tôt ?

Un peu gêné, l'ado entre dans la pièce.

— Euh... si je vous dis que j'avais envie de pisser et que j'ai entendu du bruit, vous voudriez quand même que je vous donne un coup de main ?

— Tu peux t'installer sur une chaise et regarder. On apprend beaucoup rien qu'en observant.

— Vous avez étalé une quantité impressionnante de pâte, je suis sûr que vous devez avoir besoin d'aide.

Robert fronce les sourcils. La veille encore, il s'était promis de lui donner quelques responsabilités et d'en faire un véritable apprenti ; pourtant, il lui est extrêmement difficile d'accepter que l'on vienne s'immiscer dans ses activités matinales.

— Tu as fait du beau travail hier, finit-il par avouer.

Au prix d'un gros effort, il lui désigne l'énorme morceau de beurre qu'il a sorti du frigo.

— Coupe ce bloc en dix morceaux et apporte-les-moi.

Tout sourire, Hassan se rue sur la réserve de beurre et évite de justesse de se prendre les pieds dans un tabouret.

— *Langsam !* gronde Robert qui s'essuie le front et le couvre de farine. Avec moi toute chose se fait lentement et dans le calme. C'est la règle numéro un.

— OK, chef. Il y en a une autre ?

— Va te laver les mains. Le beurre et le pipi ne font pas bon ménage.

Hassan se retient de rire et s'exécute. S'ensuit un long moment de silence. Pas un silence dérangeant ou gêné, mais un instant de pur calme et de félicité. Il n'entend plus que le froissement régulier du tablier de Robert quand il se penche sur sa besogne. Le doux *clac-clac* du couteau traversant le beurre dur et parfumé lui chatouille les oreilles. Tous les sons semblent décuplés et forment un ensemble mélodieux.

À seize ans, Hassan a fait pas mal de petits boulots. Il connaît le vacarme d'une cuisine, les cris du chef, les portes qui claquent et les assiettes qui crissent. Il ne s'attendait pas à découvrir l'exact opposé. Souriant d'aise, il découpe de grosses tranches de beurre en se laissant bercer par le rythme délicat de la pâte tournant sur les paumes du fermier.

Plongée dans un demi-jour, la pièce s'illumine peu à peu d'une douce aube au scintillement doré. La poussière d'or danse au-dessus des épaules de Robert qui assouplit sa pâte et l'étend encore plus loin sur le plan de travail.

— Bien, apporte-moi le beurre.

Le garçon obéit. Fier comme un coq, il porte devant lui un immense plat couvert de blocs d'un joli blanc cassé.

— Le secret de la pâte feuilletée, c'est d'utiliser un beurre très froid. C'est pour ça que je travaille à l'aube en cette saison, explique Robert qui se surprend à jouer au professeur.

— Il faut tant de « gras » pour en préparer ?

— Oh ! Malheureux ! s'exclame le tout jeune enseignant. Ce beurre vient d'une ferme voisine, il est entièrement fait à la main et à partir du lait des meilleures vaches. Appeler ça du gras…

Pris d'une subite envie de lui faire ravaler sa langue, Robert se tourne vers la table principale, saisit une grosse miche, et en découpe une tranche. Hassan ne dit pas un mot. Voir cet homme aux allures d'ogre manier un gros couteau ne le met pas particulièrement à l'aise.

De dos, Robert a un sacré cou de taureau et ses épaules semblent herculéennes lorsqu'il remue le couteau. Impossible pour un gringalet comme Hassan de voir ce que fabrique le chef. Soudain, il se tourne et lui tend un petit bout de pain sur lequel une fine couche de beurre a été étalée.

— Tout ce temps pour… ça ? s'étonne Hassan à voix haute.

— Quand on trait une vache pour prendre une partie du lait réservée à ses petits, il est normal de traiter respectueusement les produits que l'on fait avec. Voici une règle que tu apprendras si tu veux vraiment travailler à mes côtés.

Hassan fait oui de la tête sans quitter la tartine des yeux.

— Croque là-dedans, et prends le temps de savourer, tu me diras tout à l'heure si tu considères encore le beurre comme du simple gras.

Il saisit le bout de pain et le passe d'abord sous son nez. Le parfum crémeux du beurre est doux, presque sucré. Il a vu cela dans des émissions culinaires. Avant de manger, certains chefs découvrent un mets avec les autres sens que le goût. Alors Hassan se prête au jeu sous le regard encourageant de Robert qui valide totalement son approche sensorielle.

Il lui suffit de sentir la croûte du pain sous ses doigts pour imaginer l'osmose parfaite entre son croustillant et le fondant du beurre. Il a faim tout à coup, si faim que la moitié de la tartine finit dans sa bouche.

— Merde alors ! C'est trop bon !

Robert éclate de rire.

— Je crois qu'il s'agit de la réaction que j'attendais, dit-il en lui tapant l'épaule. Allez petit, il faut que l'on avance, les tourtes ne vont pas se préparer toutes seules. Pendant que je m'occupe du feuilleté – qui demande tout de même beaucoup d'expérience –, tu vas te charger de faire bouillir l'eau pour y cuire trois kilos de pommes de terre. Tu les éplucheras et les rinceras avant de les mettre dedans. Compris ?

— Parfaitement saisi.

— Au travail, mon grand.

C'est sans réellement en prendre conscience que Robert accepte la présence et le soutien d'Hassan à ses côtés. Le garçon est discret, silencieux, tout ce que le fermier attend d'un apprenti. Dans le calme de la cuisine, chacun reste à son poste. De temps en temps, Hassan jette un œil à l'heure et aux fonds de tarte qui s'accumulent devant Robert. La minutie du fermier est stupéfiante car chaque tourte est identique à l'autre, d'une épaisseur parfaitement régulière. Sauf que ce souci du détail n'est pas en faveur de l'horloge qui tourne. À presque 11 heures, les tartes ne sont pas encore garnies ni mises à cuire.

Robert ne s'en incommode pas. Il a l'habitude de finir le service vers 13 heures et les clients savent qu'ils ne viennent pas ici pour manger rapidement. Alors qu'Hassan coupe les patates en rondelles à toute vitesse par crainte d'être en retard, le fermier garde sa nonchalance habituelle et en profite même pour grignoter un morceau de munster trempé dans quelques graines de cumin.

La bouche pleine, il se raidit subitement. Le silence de la cuisine n'est plus le même. Il lui semble entendre le terrible claquement des talons sur le carrelage du couloir. Et le *clac-clac* grandit, vrombit, jusqu'à devenir une véritable tornade.

— Bon sang, Elsa arrive...

Il n'a pas le temps de finir sa phrase que sa sœur ouvre la porte comme une furie. Son chignon à moitié dénoué, le visage rouge d'avoir couru, elle se tient au plan de travail pour reprendre son souffle.

— Eh bien, eh bien, ma petite Elsass'[1], qu'est-ce qui te met dans un état pareil ?

— Les tourtes ! Tu en as fait combien ? Elles sont au four ? Dis-moi qu'elles sont cuites au moins ?

Robert jette un œil à Hassan, heureux de constater que le jeune a presque fini la garniture. Pour une fois, le fermier est largement dans les temps. Il peut même s'offrir le luxe de croquer un nouveau morceau de fromage sous le regard médusé de sa sœur.

— Trente fonds de tarte sont foncés et au frais, lui assure-t-il, il ne reste plus qu'à les fourrer et à les cuire.

Surprise que Robert lui réponde si vite et si calmement, Elsa ne parvient pas à dire un mot.

1. Surnom formé sur le prénom Elsa et le nom Alsace.

Doucement, elle reprend son souffle en observant Hassan qui découpe les patates encore fumantes. Si elle n'était pas aussi angoissée, elle féliciterait son frère d'avoir enfin accepté le soutien d'un commis.

— Je ne pourrai pas m'en sortir seule ce midi. J'ai enregistré une réservation de folie, on va devoir se serrer les coudes.

— Hassan m'aide, il a pris une bonne avance. Tout sera prêt dans les temps. Tes touristes n'auront qu'à patienter avec un verre de riesling et du lard fumé, propose Robert qui reste serein. Prends-en un bon morceau dans la réserve et apporte-le sur la terrasse. Je suis sûr qu'ils apprécieront de t'observer durant la découpe. Ces citadins ! Ils ont le goût du spectacle !

Elsa se remet doucement et prend conscience que, pour la première fois depuis près de quinze ans, Robert gère une situation d'urgence sans râler et sans s'enfermer dans sa carapace. Grâce au commis qui s'active pour découper un maximum de munster, le fermier semble détendu, ouvert au dialogue. D'habitude, Robert ne répond pas à Elsa et ne fournit aucun effort pour la soutenir. Bien souvent, elle s'est retenue de le secouer pour lui faire comprendre qu'il devait se dépêcher et trouver une solution. Or, cela se paie toujours par la remise d'un simple velouté de légumes – somme toute délicieux – pour combler les rations manquantes. Robert n'est pas du genre à supporter la pression, et la réputation de l'établissement a beau être fantastique, le vieux bougon est connu pour ses soupes réalisées à la dernière minute.

Aujourd'hui, tout est différent. Pas de dispute. Pas de potage. La proposition de Robert est tout à fait acceptable et sa bonne humeur met Elsa en confiance. Alors, les joues en feu, elle se rapproche pour lui demander de l'aide.

— Je doute qu'un apéritif leur suffise. Un car complet de touristes hollandais vient d'arriver, ils sont une trentaine. La salle sera comble et la terrasse aussi. Il faudrait au moins quinze tartes supplémentaires. Surtout qu'ils sont gloutons, ces gens-là !

Les moustaches de Robert tressautent. Il a horreur des goinfres. Les *sauw*[1] qui engloutissent ses plats sans les savourer, ce n'est pas sa tasse de thé.

— Tes touristes attendront, ou alors ils mangeront ce soir, rétorque-t-il. Je ne peux pas sortir ma pâte feuilletée d'un claquement de doigts !

— Je vais vite au magasin alors, et je t'achète quelques rouleaux tout prêts, du bio, comme ça ce sera b...

Robert tape du poing sur la table.

— Je te l'ai déjà dit ! Je ne veux rien d'industriel dans MA cuisine, et je ne veux pas que tu traînes dans mes pattes !

— Mais il s'agit d'une situation d'urgence, je ne peux pas mettre trente personnes à la porte ! On est en plein été, il faut renflouer les caisses.

1. Cochons.

Mets un peu tes principes de côté, s'il te plaît, pour une fois...

— Ce sont justement mes principes qui font tourner l'auberge, sans eux les clients ne seraient pas satisfaits de ma cuisine. Va les prévenir que s'ils veulent manger ils auront un peu plus de salade que de tourte et qu'ils se rattraperont sur le dessert.

Elsa se mord les lèvres de frustration. Parfois, elle aimerait hurler sur son frère pour qu'il comprenne que sans clients, il n'aurait pas son précieux jardin ni le confort de sa maison. Leurs parents leur ayant laissé de vilaines dettes, elle se bat chaque jour. Aujourd'hui, de cette réservation, elle sait qu'elle peut tirer de beaux avantages, mais cela requiert un investissement supplémentaire de la part de Robert...

— On aura aussi besoin d'un coup de pouce en salle pour le service... à titre exceptionnel...

— Fiche le camp de mes fourneaux, Elsa, tu commences sérieusement à me courir sur le haricot. Moi vivant, je ne servirai jamais personne. Ma place est ici !

Elle baisse les yeux, court chercher le lard et un couteau, et file aussi vite que possible pour échapper à la colère de son dragon de grand frère. Elle sait qu'elle lui en demande trop et qu'elle vient de pousser le bouchon ; toutefois, elle ressent comme une victoire en constatant que Robert travaille avec Hassan.

— Ces gens n'auront pas assez à manger, constate Hassan qui répartit les rondelles sur la pâte.

— Et alors ? Tu comptes suivre les conseils d'Elsa ? Si c'est le cas, tu peux partir, je n'ai plus besoin de toi.

— Oh non, pas du tout, je trouve aussi que les produits industriels ne valent rien. Je me disais juste que l'on pourrait modifier votre recette de façon à satisfaire un maximum de clients.

Robert lève un sourcil perplexe. Changer sa recette, voilà une chose à laquelle il n'a jamais pensé. Néanmoins, si cela peut lui éviter d'entendre parler de pâte roulée dans du plastique, il est preneur.

— Tu m'as l'air aussi rusé que ta mère. Elle m'a surpris hier avec ses *cocas*, alors dis-moi, c'est quoi ton idée ?

— Bah, en fait je n'ai aucun mérite, parce que je ne sais pas vraiment cuisiner. Mais ma mère prépare toujours à manger pour un régiment et, hier soir, on a fait des bricks...

— Des « briques » ? s'étonne Robert qui ne connaît rien à la cuisine algérienne.

— Ce sont des galettes orientales, très fines, que l'on frit. Je sais qu'elle en a préparé une énorme pile car elle voulait les congeler, mais ce matin encore, tout était au frigo... si c'est toujours le cas, on pourrait les utiliser.

— On est dans une auberge traditionnelle, les gens s'attendent à manger quelque chose de local. Je doute qu'ils acceptent que l'on transforme une tourte alsacienne en un plat oriental.

— On appelle ça le mélange des cultures, monsieur Walch ! La brick se cuit en deux minutes à la poêle. On n'a qu'à les plier en forme de triangle, comme de jolies parts de tarte. Je vous jure, c'est très fin, très croustillant, et on sentira merveilleusement bien votre farce !

Robert n'a pas le choix. Rien qu'à écouter le gamin, il meurt d'envie de goûter à ses fameuses « briques ». Et puis, la veille encore, Fatima lui a montré ses talents culinaires avec ses divines *cocas*.

Il suffit d'un claquement de doigts pour que Fatima accoure et leur rapporte les précieuses crêpes aussi fines que de la dentelle.

En l'espace d'une demi-heure, le trio a fourré et plié une quarantaine de bricks au munster. Fatima et Hassan suivent scrupuleusement les conseils de Robert quant à la répartition de la farce. Un agréable parfum de fromage et de beurre flotte dans l'air. Et à midi et demi, au moment de dresser les assiettes, Robert ne peut qu'être satisfait en voyant les jolis triangles d'or concurrencer sa tourte traditionnelle.

— Elles sont vraiment jolies, constate-t-il.

— Et sûrement excellentes, dommage qu'il n'en reste pas pour nous, complète Fatima.

La porte s'ouvre. Les bras chargés de plateaux, Elsa récupère un maximum d'assiettes. Tout sourire, elle murmure à l'oreille de Robert en passant à côté de lui :

— Je suis extrêmement fière de toi.

— Je n'ai rien fait de spécial. Remercie Hassan et Fatima.

— C'est justement parce que tu les as laissés t'aider que je suis fière, dit-elle en lui embrassant la joue.

Robbie rougit. Après des années de tentatives ratées, Elsa a réussi son coup. Robert s'est ouvert aux autres et à de nouvelles cultures. L'apprenti, la nounou et le fermier solitaire forment un trio efficace. Un trio qui se sépare chargé de plateaux couverts de victuailles.

Et voilà le Robbie qui « se retrouve planté, tout seul dans son froc », comme dirait Renaud[1], alors que tout le monde s'agite sur la terrasse pour le service. Le temps est long quand on prend conscience que l'on est à l'écart – et pourtant, il s'agit bien d'un choix personnel. Le fermier a refusé en bloc de participer au service, alors pourquoi ressent-il cette envie de les rejoindre ? Pourquoi a-t-il besoin de voir le visage ravi des clients dégustant ses nouvelles recettes ? Ce mystère ne fait qu'attiser son désir. Attiré par le tintement des couverts sur les assiettes, il traverse le couloir pour rejoindre la grande salle à manger.

Gêné, il reste en retrait, caché derrière la porte pour observer les clients.

Les rires et les gens qui parlent fort le gênent terriblement, alors il se focalise sur le bruit des fourchettes et des verres. Cela le rassure. Les touristes mangent lentement, ils savourent leur repas. Il n'y a qu'à écouter le petit cliquetis sur les assiettes en terre cuite pour le comprendre.

Heureux et fier de lui, Robert ferme les yeux et se laisse bercer par le son chantant qui l'entoure.

1. « En cloque ».

Tout ce qui compte, c'est la musique des fourchettes et des couteaux. Aujourd'hui, le fermier est devenu un chef d'orchestre et la symphonie gourmande qui l'entoure lui permet de faire un premier pas vers le monde réel.

6

Sous les étoiles les carottes sont belles

La nuit étend son manteau sur la vallée. Robert respire un grand coup. Profondément, inhalant chaque arôme d'une atmosphère chargée de chaleur et de rires. L'air a un goût d'été, de fêtes et de liberté. Un parfum d'enfance et d'innocence qui fait vibrer ses narines. Le moment est idéal pour aller conter fleurette aux demoiselles de la rangée des rosiers.

Les carottes doivent l'attendre avec impatience. Elles sont mûres à présent, tout juste prêtes à être dégustées. Il s'agit d'un instant crucial, à ne pas prendre à la légère. Robert les a trop fait attendre. Il faut dire qu'il a vécu tellement de choses en l'espace de quelques jours que toute son organisation a été chamboulée ! En temps normal, les carottes auraient dû finir dans un merveilleux bouillon ou en crème onctueuse sur une tarte aux pommes de terre, mais l'arrivée d'Hassan a changé tous ses projets.

Robert pourrait pester contre lui, sauf qu'il n'en a aucune envie. En surprenant Hassan en grande conversation avec ses poules, il a compris qu'ils avaient tous les deux la même sensibilité. C'est la première fois que Robert rencontre une personne aussi réceptive que lui. Il en est tout remué, et sa réglisse ne ressemble plus qu'à une pâte informe tant il passe sa nervosité dessus.

Dépité, il envoie le bâton dans le fumier qui nourrit grassement ses rosiers. D'un pas aussi léger qu'une plume, il avance vers le carré réservé aux carottes et s'y agenouille.

— Bonsoir mes *schötzala*[1], pardonnez mon retard.

Les carottes frissonnent sous son souffle chaud. Elles semblent impatientes. Pourtant, leur protecteur ne fait rien. De la paume calleuse de sa main, il ébouriffe tendrement leur chevelure en soupirant.

Le cœur de Robert s'emballe. Il doit leur parler. Il faut qu'elles se sentent en sécurité, qu'elles acceptent qu'il change son rituel aux allures « métaphysico-potagériques ».

— Je sais que vous me faites confiance, alors j'aimerais vous demander une faveur.

Il se penche et murmure quelques mots à leurs oreilles attentives. Les carottes frémissent. Elles sont curieuses et acceptent volontiers qu'Hassan se prête à la partie de cueillette. Robert savait

1. Petites chéries.

qu'il pouvait compter sur elles. Elles sont plutôt « bonne pâte », les petites rouquines. Cela doit bien avoir un lien avec le fait qu'elles donnent bonne mine ?

Il se lève et marche vers la partie de l'auberge où vivent Hassan et Fatima. Une petite lumière brille dans la chambre de l'ado. Robert prend une poignée de gravillons et les jette à la fenêtre à plusieurs reprises jusqu'à ce qu'Hassan passe la tête à l'extérieur, les yeux embrumés de sommeil.

— Monsieur Walch, c'est vous ?

— Descends tout de suite, j'ai quelque chose à te montrer, chuchote le fermier.

— Mais, je suis en pyjama...

— Pas besoin de te changer, elles n'accordent pas d'importance à l'apparence.

— « Elles » ?

— Tu en sauras plus si tu descends ! s'impatiente Robert.

Le visage d'Hassan s'illumine. Le voilà tout à fait réveillé. Ni une ni deux, il enfile un sweat avant de dévaler les escaliers du corps de ferme changé en maison d'hôtes. Les résidents n'ont pas dû entendre les marches grincer tant le jeune homme les a survolées.

— Alors, qu'est-ce que vous voulez me faire voir à 3 heures du matin ?

Robert lui fait le signe du « temps mort » avant de porter un doigt à sa bouche. Hassan comprend aussitôt qu'il va devoir rester calme et muet s'il veut découvrir ce que le fermier veut bien lui dévoiler.

Dans le silence de la nuit, sous les étoiles à demi cachées par les nuages, ils traversent l'allée menant au potager. Hassan sourit en distinguant un grand panier posé près du carré des carottes. Il a compris ce qui l'attendait et n'ose plus parler de peur que Robert ne le prive du plaisir de participer à la récolte.

— Le ciel est lourd, il va bientôt pleuvoir. Je préfère tirer les carottes avant que la terre ne se change en boue.

Bon élève, Hassan hoche la tête.

— Je devais les tirer le jour de ton arrivée. Tout a été si chamboulé que les belles commencent à s'impatienter.

— Les « belles » ?

Robert, qui ne s'était pas tourné vers Hassan pour lui parler, lui adresse un léger clin d'œil complice avant de l'inviter à s'accroupir face aux carottes. Côte à côte, ils observent les fanes qui dansent sous le souffle du vent. L'orage ne va pas tarder à éclater.

— Tu vois comme leurs cheveux vibrent sous la bise ?

Hassan écarquille les yeux. Oui, il voit nettement la chevelure des carottes.

— Elles sont très coquettes et aiment sentir l'air dans leur coiffe, c'est pour ça que je les cueille de nuit. L'air est souvent plus doux et les caresse gentiment. La météo a annoncé un gros orage, ce n'était pas prévu, alors mieux vaut agir avant qu'elles ne soient trempées...

— Vous causez comme ça de tous vos légumes ?

— Je parle à tous mes légumes, rectifie Robert. Tu m'as demandé de te révéler mon secret, il se trouve là. Les habitants de mon potager sont aussi sensibles que toi et moi, même plus. Alors, je prends le temps de discuter avec eux, de les distraire et de leur expliquer combien ils sont chanceux de finir dans ma cuisine...

— Pardon m'sieur Walch, j'ai un peu du mal à vous suivre.

— Voilà ce que je craignais, tu me prends pour un fou maintenant ! gronde le fermier en se redressant.

L'ado pose une main sur sa cuisse pour le calmer. Robert se remet à genoux, bougon, l'œil triste et la moustache tressautant de tics nerveux.

— J'aime votre façon de voir les choses, sauf que j'ai du mal à imaginer vos carottes en train de se réjouir de finir en purée ou râpées.

Robert pousse un gros soupir de soulagement. Le garçon a murmuré les derniers mots pour ne pas perturber les belles.

— Ta réflexion est juste. Tu dois savoir que les légumes ont été créés pour être mangés. Quelle serait leur vie s'ils étaient réduits à...

Il se rapproche d'Hassan et chuchote à son oreille :

— À pourrir dans la terre qui les a portés ?

Hassan garde la bouche ouverte de surprise.

— Merde alors, ce serait horrible. Grandir, mûrir, pour rien du tout. Leur vie n'aurait pas de sens, dit-il en parlant le plus bas possible.

— Tu as tout compris, répond Robert en lui assenant une tape sympathique sur l'épaule. Cette nuit, nous allons les sortir de leur terre nourricière afin de leur donner une nouvelle vie. Demain, les belles seront déshabillées puis apprêtées pour le bal des papilles.

— Le bal des « papys » ? Vous recevez des pépés et des mémés pour faire la fête ? C'est une tradition quand vous cueillez des carottes ?

Robert éclate de rire.

— En voilà un qui manque de vocabulaire ! Je parle des pa-pi-ll-euh ! Tu sais, les machins qui te permettent d'avoir du goût. J'utilisais une métaphore, tout simplement.

— Ah je vois... parce que manger vos légumes est une fête ?

— Tu apprends vite, j'aime ça. Maintenant, regarde, ne dis plus un mot et écoute.

Hassan se rapproche. Une agréable odeur de réglisse émane du bonhomme. Un parfum d'enfance qui réconforte l'ado. À genoux, presque en position de prière, le fermier se penche au plus près de ses protégées et effleure leurs fanes du plat de la main.

— Mesdemoiselles, vous êtes splendides en cette nuit orageuse. Afin que vous ne soyez pas mouillées, nous allons vous escorter jusqu'aux cuisines, où vous serez bien au chaud jusqu'à demain matin.

Hassan sourit tendrement. Il n'a jamais rien vu d'aussi mignon. Lui qui a vécu à la ville et qui rêvait de grand air et de douceur, le voilà servi. Seul son grand-père lui permettait de s'ouvrir aux choses de la vie. Il connaissait le secret de Robert, sauf qu'il l'appliquait à ses chèvres. Hassan se rappelle encore le goût de leur lait. Intense, sucré, presque fruité. Un lait recueilli alors que le papy chantonnait de vieilles mélodies pour soulager ses bêtes. Au cœur de la nuit, avec Robert, l'adolescent retrouve la magie des moments qu'il a eu la chance de passer avec son grand-père et cela l'emplit d'une merveilleuse allégresse.

— Hassan, tu es avec moi ?

L'ado sort de ses pensées, les yeux embués, ému et heureux.

— Oui, je vous écoute, Robert.

Le fermier lui répond par un petit rictus.

— Tu vois, pour en tirer une, il faut entourer fermement la base de sa tête et de sa chevelure. On ne tire jamais une carotte par le haut des fanes, déjà parce que tu risques de lui en arracher, et les filles n'aiment pas qu'on leur crêpe le chignon...

Hassan a envie de rire, mais le regard de Robert suffit à le calmer aussi sec. La leçon est importante, à lui de se tenir à carreau s'il veut apprendre.

— Et puis, ce serait un manque de respect de les enlever de la terre avec une telle brutalité. Les gens ont l'habitude de s'y prendre ainsi, moi j'opère dans la douccur, comme ceci...

Joignant le geste à la parole, il entoure gentiment la base de la carotte, la fait tourner dans la terre dans un mouvement délicat, et, lentement, la sort avant de l'épousseter.

— Bonsoir, Aline, dit-il en l'embrassant.

L'instant d'après, il la dépose dans le panier, où se trouve une petite couverture moelleuse et confortable. Hassan se surprend à penser que la carotte n'a certainement pas été réveillée par le fermier, et que toutes ces manœuvres préservent le sommeil de ses congénères.

— Je comprends mieux maintenant. Les gens disent que vos mets sont naturellement tendres et sucrés. Je crois que c'est l'amour que vous donnez à vos légumes qui les rend si bons.

— Certainement. Si les gens étaient plus tranquilles, ils prendraient le temps d'aimer et de respecter leur potager. Cela ne sert à rien de jouer aux agriculteurs bio si le bien-être des légumes est négligé.

— J'adore votre façon de voir les choses.

— Et moi ta manière de sourire depuis le début de la leçon. Allez, *manala*[1], occupe-toi de Rosalie maintenant.

Les mains tremblantes, Hassan saisit la carotte. Le fermier pose sa main sur la sienne, tout en douceur.

— Reste calme, elle va sentir ta nervosité si tu continues de trembler. Imagine que tu vas à un premier rendez-vous, tu dois lui faire bonne impression.

— Les rencards me filent une peur bleue…

— Les seuls que j'ai eus réunissaient des courgettes et des carottes, alors fais-moi confiance, je suis un expert en drague potagère.

1. Petit bonhomme.

Hassan éclate de rire et retire la carotte sans trembler. Ravi, il l'embrasse vivement avant de l'installer tout près de la petite Aline.

Robert sourit : il peut faire confiance au gamin. Encouragé, ce dernier remplit peu à peu le panier.

Avant l'arrivée des premières gouttes, les séducteurs de carottes apportent les belles en cuisine. Bien enveloppées dans leur couverture, elles dorment profondément. Hassan et Robert n'en mènent pas large. Ils savent qu'ils devront se lever avant 7 heures, et seules trois petites heures de sommeil leur permettront de se remettre de leur cueillette nocturne.

Alors qu'ils rejoignent chacun leur chambre, heureux du travail accompli, deux adorables créatures au museau constellé de taches de rousseur se faufilent dans la nuit. Robert n'a pas le temps de les voir, sinon il leur aurait déjà tiré les oreilles.

Sous la pluie, vêtus de cirés jaunes, les jumeaux filent dans le potager dans un grand éclat de rire.

7

Les trappeurs à la trappe !

— Robert ! Robert, réveille-toi !

Le fermier ouvre brusquement les yeux. L'aube se lève à peine et Elsa est penchée au-dessus de son lit. Il ne perçoit que ses yeux brillant dans la pénombre.

— Tu pleures ? Qu'est-ce qui t'arrive, ma p'tite Elsass' ? demande-t-il en s'asseyant sur le bord du matelas.

— Les jumeaux ont disparu... Je... je voulais fermer leur fenêtre comme il pleuvait, et quand je suis entrée dans la chambre il n'y avait personne ! Je ne les trouve plus ! Ils ne sont nulle part !

Robert passe une main moite sur ses joues mal rasées. Il reste calme, presque impassible.

— Mais dis quelque chose ! Tu ne vas pas rester à ne rien faire ! Mes enfants ne sont plus là, tu comprends ?

Petit hochement de menton du quinquagénaire. En même temps il n'est que 5 heures du matin, et vu qu'il s'est couché après 4 heures il est encore tout abruti de sommeil.

— Ils ne doivent pas être bien loin. Les connaissant, ils ont dû sortir chasser...

Il bâille bruyamment avant de se frotter les yeux.

— Il fait nuit, entre l'étang aux carpes, la forêt et la grande route, j'ai toutes les raisons de paniquer ! s'inquiète Elsa qui ne supporte pas le détachement de Robert. S'ils sont allés chasser, ils doivent être en pleine nature, livrés à eux-mêmes, sous la pluie ! *'Klemi*[1] *!* Ils avaient dit qu'il ne pleuvrait pas !

Nouveau hochement. Robert n'est pas convaincu par les paroles d'Elsa. Si elle cherche à l'effrayer, c'est perdu d'avance.

— Les trappeurs ont eu une formation d'élite, ils savent où se mettre à l'abri. Je leur ai tout appris. Si tu veux les retrouver, il faudrait déjà savoir ce qu'ils sont allés chercher, et vu le temps qu'il fait, cela ne m'étonnerait pas qu'ils traquent les escargots.

Il se lève avec la vivacité d'un jeune homme et enfile un pantalon de velours élimé et un tee-shirt troué.

— Je vais voir du côté du potager. Les escargots ont tendance à se cacher sous les grosses feuilles de courges. Les gosses le savent. Il est possible que tu ne les aies pas vus, ils sont si petits...

Elsa ne peut plus retenir ses larmes.

---

1. Version abrégée de *Kopftomi* (voir note p. 10).

— Mes petits… mes tout-petits ! répète-t-elle en se jetant dans les bras de son frère.

Robert l'étreint légèrement.

— Elsass', les gamins vont bien. Ce n'est pas la première fois qu'ils sortent de nuit. Les lucioles, les escargots et les couleuvres ne se montrent qu'à la nuit tombée. Comment crois-tu qu'ils remplissent leurs paniers ?

— Alors, ils sont dans le jardin selon toi ?

— Avec cette pluie ! Ils ont certainement trouvé un abri. Tu sais quoi, tu vas leur préparer un bon chocolat et des serviettes chaudes, d'accord ? Je serai de retour avec tes morveux dans l'heure, lui assure-t-il avec un clin d'œil.

Elsa, le regard vide, fixe la fenêtre, contre laquelle la pluie bat violemment.

— Elsass', le jardin est un vrai paradis pour les enfants, crois-moi, ils ne l'ont pas quitté.

Il finit par lui coller un gros baiser sur la joue avant de sortir de la chambre, affublé d'une impressionnante paire de bottes en caoutchouc. Tranquille, il descend les escaliers et passe par la petite réserve située à quelques pas de celle de la cuisine. L'ampoule nue est encore allumée. Il sourit. Les gosses sont bien passés par là. Leurs bottes sont absentes, tout comme le panier à escargots.

Il sort sous la pluie. Le jour point à peine. Le sol est si boueux que les traces des enfants ont disparu. Pas étonnant qu'Elsa soit revenue paniquée. Sauf que Robert n'a pas besoin d'empreintes de chaussures pour savoir où se trouvent les jumeaux. Il lui suffit de suivre la lente montée des escargots qui cheminent sur les dalles menant au potager.

Robert se met à quatre pattes. Mieux vaut se tenir à hauteur de gnome pour y voir quelque chose. Il avance doucement, les coudes enfoncés dans la boue, l'oreille aux aguets, l'œil affûté. Une grosse truffe humide vient lui caresser le cou.

— Calimero ! C'est pas le moment ! gronde-t-il à l'imposant molosse qui lui lèche la joue.

Le chien se met à son tour en position. Pattes repliées, truffe à ras du sol, il flaire la piste de son maître qui avance en suivant les coquilles d'escargot.

— Tu vois, il y en a de moins en moins, explique-t-il au saint-bernard. Les jumeaux ont fait une sacrée razzia juste ici, sous les feuilles de la citrouille. On y voit encore l'empreinte du panier sur le sol. Ils y sont restés un long moment et ont continué leur chasse...

L'eau lui dégouline dans la nuque et le fait frissonner. Robert secoue sa tignasse. Calimero l'imite et le couvre de boue mêlée de pluie.

— Bravo, mon gros, tu es très fort en imitations ! râle-t-il. Mais je pue le chien mouillé maintenant !

Le saint-bernard boude et baisse les yeux. Il pourrait faire demi-tour pour éviter les foudres de son maître, or quelque chose attire son attention. La truffe en l'air, il passe à côté de Robert et fonce droit sur le poulailler en aboyant comme un fou.

— Calimero ! Tu vas réveiller les poules !

Trop tard. Les petites *maïdala*[1] de Robert caquettent en bondissant dans la paille. L'instant d'après, le fermier entre dans le poulailler et découvre le molosse, la langue pendante, un chapeau ciré dans la gueule.

— Bon chien, murmure Robert en prenant le couvre-chef de David. Montre-moi, où as-tu trouvé ça ?

Piaffant de joie et de fierté, Calimero passe devant Robert et traverse la grange. À l'autre bout se trouve l'enclos des chèvres laitières. Il y en a une vingtaine, accompagnées de leurs petits. Dans la pénombre, Robert voit que les jolies biquettes sont endormies. Seules Noiraude et Blanchette, les plus anciennes, le fixent d'un œil vif.

— Les voilà, murmure-t-il avec émotion.

Couchés dans la paille, les jumeaux dorment à poings fermés sous les mamelles de Noiraude, la chèvre tachetée. Il se penche et la flatte d'une caresse sur le haut du crâne. Noiraude reste calme. Elle a le cœur d'une maman, et c'est tout naturellement qu'elle a nourri les deux gloutons venus se réfugier dans la paille.

— J'espère qu'ils en ont laissé pour tes petits.

Noiraude lui répond d'un joli clin d'œil. Ses pis sont gonflés et pleins. Les enfants ont dû s'endormir après avoir bu jusqu'à plus soif. En témoignent leurs moustaches blanches et le lait qui macule le col de leur veste.

---

1. Fillettes.

Robert les soulève doucement pour ne pas les réveiller.

— Merci d'avoir veillé sur eux, vous êtes des amours, dit-il à ses chèvres.

Blanchette et Noiraude lui répondent d'un hochement de tête. Elles sont douces et câlines pour des chèvres, et ont un excellent caractère. Cela vient certainement du fait qu'elles ont été nourries de la main de Robert depuis leur naissance, et qu'il ne les a jamais séparées de leurs petits. Seul le bouc est mis à l'écart. Bouftard n'est pas le genre de zozo à apprécier la compagnie des hommes, et encore moins des jumeaux.

— Vous avez eu de la chance, mes *fuchsala*. Si vous aviez trait le bouc, vous ne seriez ni repus ni aussi mignons…

Il rit intérieurement de sa bêtise. Il les aime vraiment, ces petites canailles. Lui aussi adorait traire les chèvres et boire directement à leurs mamelles. Il se souvient du lait chaud lui coulant sur le visage, de son parfum légèrement sucré et de sa saveur hautement fruitée. Comment pourrait-il leur en vouloir ? Ces moments de plaisir intense font partie de l'enfance et resteront gravés dans la mémoire des jumeaux.

Les enfants bien blottis contre lui, il sort de la grange. Le soleil s'est levé, et la pluie s'est calmée. Seul un léger crachin crée une lumière mousseuse sur les rosiers brillant de gouttes argentées. Tout est calme. On entend à peine le ruissellement de l'eau dévalant les tuiles et le crissement de chaussures en caoutchouc sur le gravier. Robert se redresse vivement. À seulement quelques pas se tient une inconnue.

Dans la lumière de l'aube, elle a l'air d'une apparition sortie tout droit d'un album pour enfants. Grande, les cheveux roux montés en un chignon totalement détrempé, elle porte un ensemble aux couleurs criardes d'une laideur à faire hurler les « anti-Desigual ». Robert, qui a l'habitude des coloris neutres et fades des vêtements de travail, a un geste de recul. Il a l'impression que le pantalon et le chemisier de la femme ont été bombardés de peinture, comme si les jumeaux avaient fait un après-midi travaux artistiques.

— Excusez-moi, je me trouve bien à l'auberge Woualch ?

Robert reste coi. L'accent de l'étrangère est tout aussi charmant que celui de Jane Birkin dans « Je t'aime moi non plus ». Il frémit rien que de penser à cette chanson qui a marqué sa jeunesse. Rouge de honte, il se contente de faire oui de la tête.

— Je suis Maggie Tyrell, mon amie Fatima m'a invitée à passer quelques jours de vacances. Je sais qu'il est tôt, mais pourriez-vous me guider jusqu'à ma chambre ?

Le fermier hoche la tête sans réfléchir. Il est pris au dépourvu et ne sait plus quoi faire. Sans compter les morveux qui commencent à peser.

— Suivez-moi, je vais vous présenter ma sœur. Elle a dû enregistrer votre réservation.

L'Anglaise lui répond par un sourire qui dévoile d'adorables dents du bonheur. Dans la douce lumière de l'aube, elle observe les jumeaux aux moustaches de lait. Un parfum de nostalgie flotte dans l'air, lui rappelant ses vacances dans le Yorkshire lorsqu'elle était enfant. Radieuse, elle suit Robert en inspirant profondément. Cinq minutes plus tôt, elle ignorait ce qu'elle était venue chercher en France. À présent, elle le sait. Au plus profond d'elle-même, elle sent que ce lieu l'attendait pour l'enlever à une vie citadine grise et solitaire.

8

« Scones, le monde est scones »

Surtout faire comme si de rien n'était. Continuer l'inspection des cœurs-de-bœuf, être grognon avec Hassan qui n'enlève pas toutes les mauvaises herbes et surtout – surtout ! – ne pas regarder vers l'Anglaise, l'ignorer, oublier son rire guilleret et sa bonne humeur.

Sauf que Maggie n'est pas du genre transparent. Avec son mètre quatre-vingts, il est difficile de la rater, et il faut avouer qu'elle chante si fort qu'on doit l'entendre à des kilomètres à la ronde.

Robert se crispe. L'accent londonien déambule tout autour de lui, enveloppant et plombant son précieux jardin de sonorités en « ouin ». Le genre de son incroyablement agaçant qui pourrait perturber la pousse de ses légumes et la ponte du matin.

Furieux, il fusille du regard l'Anglaise, qui étend les draps près de la terrasse. De là où il se trouve, on pourrait la confondre avec une aiguille à tricoter surmontée d'une tête de laine orange. Une vilaine aiguille arrivée sur sa propriété pour piquer ses nerfs à vif.

Le silence, voilà ce que le fermier apprécie le plus. Apparemment, Maggie n'a pas l'air de connaître la définition de ce mot. Ravie de se rendre utile, elle chantonne tout en étendant les draps avec les jumeaux, qui lui tendent les pinces. Tout le monde semble gagné par une incroyable joie de vivre. L'optimisme de Maggie est contagieux. L'auberge Walch revit. Les clients en terrasse se laissent prendre au jeu et fredonnent les mêmes chansons. Seul Robert fait de la résistance alors que ses pieds voudraient se trémousser. Suivre le mouvement serait contraire à ses principes « botanistiques ». Robert s'est toujours arrangé pour traiter ses légumes avec calme et retenue afin de maintenir une atmosphère sereine. Pourtant, force est de constater que tout le jardin est gagné par une frénésie musicale et qu'aucun légume ne se plaint de la voix hors norme de Maggie.

Robert ne la quitte pas des yeux. L'Anglaise disparaît derrière le linge. Le tissu blanc est hissé dans l'air matinal et se gonfle fièrement. On pourrait le prendre pour des voiles posées sur la Manche. Des voiles qui enflent et ondulent pour transporter Robert vers des îles Anglo-Normandes aux plaines aussi verdoyantes que le regard émeraude de Maggie.

Il lui suffit de se détendre pour larguer les amarres. Dérivant vers une contrée illuminée par un soleil jouant à cache-cache avec la brume, Robert tiendrait la barre, oubliant sa ferme et son Alsace natale.

Il se mord les lèvres de frustration et de colère. Il se sent coupable de trahir sa terre en pensant ainsi. C'est à cause d'elle. Elle empoisonne ses pensées, les emprisonne avec les airs enfantins « Ob-La-Di, Ob-La-Da » et « She Loves You ». Ces chansons évoquent des souvenirs que Robert aurait préféré enfouir plus profondément dans son inconscient.

Avant de s'enraciner définitivement dans sa région, le jeune garçon avait des désirs de voyages et de découvertes. Fasciné par l'Angleterre, il collectionnait les vinyles des Beatles et tannait ses parents pour partir en week-end à Londres. Malheureusement, le dernier voyage de la famille s'était fini contre un platane. Papa et maman n'avaient pas survécu, et une partie de Robert était morte ce jour-là. Il n'avait que dix ans, des rêves plein la tête et une imagination débordante. L'enfant s'était muré dans le silence et les remords. Éduqué par une vieille tante aussi douce qu'une feuille d'ortie, il avait oublié le goût du rire et de la musique. Quant à Elsa, elle était transparente. Trop petite pour consoler son frère, trop candide pour comprendre le malheur qui les avait frappés, la fillette de trois ans s'était habituée à sa nouvelle vie. Si la tante savait être tendre et compréhensive avec Elsa, elle peinait toutefois à percer la carapace de Robert. Pour lui, le monde entier était devenu un champ de mauvaises herbes infesté de nuisibles.

Tante Bertha en faisait partie, malgré toute sa bonne volonté.

Seule la compagnie des légumes le soulageait. Il pouvait les écouter pendant des heures. Jamais un navet ne lui avait reproché l'accident qui avait coûté la vie à ses parents, et encore moins un artichaut ! Les artichauts ont trop bon cœur pour faire pleurer les petits garçons.

Son passé était derrière lui, presque effacé. Il l'avait enterré à coups de pioche. Dans les entrailles du potager se trouvaient ses souvenirs. Des souvenirs qui nourrissaient les graines qu'il plantait allègrement depuis ses treize ans. Les légumes avaient remplacé sa famille, ses amis, ses hobbies. Pas une carotte n'aurait osé entonner un « Hello, Goodbye » par peur de blesser le tout jeune fermier. C'était sans compter l'arrivée de Maggie.

Tout le potager revit. Emportées par la joie de vivre de l'Anglaise, les tomates rougissent en répétant en chœur « yeah yeah yeah ! » tandis que les carottes baragouinent un « oh yes she loves you » en imitant l'accent de Maggie.

Les pieds de Robert suivent la cadence. Les paroles lui reviennent. L'envie d'écouter les scarabées de London titille son oreille. Il pince les lèvres pour ne pas céder à la tentation de chanter à son tour.

Il aurait préféré mourir plutôt que de ressentir cet élan qui ravive son cœur. Mourir pour éviter le chant d'une sirène au corps maigre et filiforme. Une créature peu séduisante qui parvient à le faire rougir aussi vivement que les tomates qu'il s'applique à épousseter.

— Sacré personnage, n'est-ce pas ?

Robert sursaute. Fatima se trouve juste derrière lui, les bras chargés d'une bassine. Ennuyé d'avoir été démasqué, il baisse les yeux sur ses chaussures crottées de boue.

— Elle est surtout incroyablement bruyante. Vous devriez lui dire de baisser d'une octave, même la Castafiore serait gênée par ses vocalises !

— Tant qu'elle ne brise pas tous vos verres...

— Mes tomates sont plus précieuses que ma vaisselle. Elles... elles sont tout excitées !

Fatima lève les yeux au ciel en se mordant les lèvres pour éviter de rire. Elle a bien compris que l'amour inconditionnel que Robert vouait à son potager était tout à fait réel.

— Vous devriez le lui demander gentiment. Maggie est très compréhensive.

— Allez-y vous-même, c'est vous qui l'avez fait venir ! Et puis, je ne suis pas sûr qu'elle me comprenne, je ne parle pas un mot d'anglais !

— Pas de bol pour vous, son père était français. Maggie parle parfaitement notre langue, et elle est un poil bavarde.

— Raison de plus pour que vous alliez la voir.

— Entendu, je lui dirai qu'il est interdit de s'amuser, de chanter, ou simplement de rire dans votre propriété. Elle sera ravie !

Les joues de Robert s'enflamment. La voix de Maggie vient de monter si haut qu'elle a provoqué une crise de fou rire aux jumeaux. Interdire aux trappeurs de jouer ? Ce serait indigne du moustachu au cœur tendre. Lui qui ne cesse de réclamer le silence pour ses bien-aimés légumes, il voit bien que le rire est l'émotion la plus efficace pour faire mûrir les tomates et adoucir les courgettes, qui sont toujours de mauvais poil. Satanées courgettes ! Voilà qu'elles réclament une nouvelle dose de rires et de chants. Robert soupire, vaincu. Grâce à Maggie, elles seront bien plus tendres et douces que les années précédentes. La gronder serait une grossière erreur car cela troublerait ses légumes habitués à être pouponnés.

— Ne cherchez pas de fausses excuses, vos légumes iront très bien même avec Maggie dans les parages. C'est vous qui refusez de rencontrer de nouvelles personnes. Vous avez fini par apprécier ma présence et celle de mon fils... alors, vous pouvez faire un effort pour mon amie.

Robert baisse les yeux sur ses chaussures boueuses. Dire que quelques heures plus tôt il pataugeait dans la gadoue à la recherche de ses neveux, et que ces petites teignes ont maintenant trouvé une nouvelle alliée en la personne de Maggie ! Cela ne lui dit rien qui vaille.

— Vous verrez, Maggie est formidable. C'est une journaliste, je vous l'ai déjà dit ?

— Non. Et je ne suis pas sûr de vouloir en apprendre davantage.

— Ah ! Je comprends... accepter deux nouvelles personnes dans votre cercle est déjà compliqué, alors en y ajoutant mon amie vous craignez que ce bouleversement affecte votre routine.

— Entre autres, répond Robert, presque soulagé que Fatima comprenne ses peurs.

— Ne soyez pas inquiet. J'ai fait venir Maggie car elle a besoin d'une pause. Son travail à Londres l'accapare et je me suis dit que quelques journées au vert l'aideraient à se sentir mieux. C'est un soleil, vous verrez, il n'y a pas plus lumineux.

Robert hoche doucement la tête. Depuis la venue de Fatima et Hassan, il a appris à ne pas juger les gens trop vite. Ses *a priori* sur la nounou et son ado se sont vite changés en une agréable surprise. Peut-être pourrait-il cesser de juger l'Anglaise et sa voix de crécelle ?

— Monsieur Walch, j'en ai fini avec les mauvaises herbes, qu'est-ce que je peux faire ?

Le fermier se tourne vers Hassan en souriant dans sa moustache. Satisfait de voir son seau rempli d'herbes folles et son apprenti couvert de terre, il tortille sa moustache avec satisfaction.

— Va prendre une douche, tu as bien bossé, *manala*. Retrouve-moi en cuisine d'ici une demi-heure, on a des *fleischschnackas* à préparer.

Hassan lève un sourcil interrogateur.

— Des « flashaquoi » ?

C'est au tour de Robert de lever les yeux au ciel d'un air totalement dépassé.

— Des *fleisch-schna-ckas*, de la viande roulée dans une délicieuse pâte brisée. Ce sont des escargots de viande, quoi !

— Des escargots à la viande ?

— *Kopf'*, commence à jurer Robert qui se ravise car Fatima l'observe en riant. Tu comprendras quand tu les verras. *Hopla !* Sous la douche !

Hassan rejoint l'auberge à toutes jambes, pressé de découvrir les merveilles culinaires de l'Alsacien.

— Bravo Robbie, vous avez su vous contenir. J'ai bien cru que vous alliez enguirlander mon pauvre fiston.

Robert se félicite intérieurement. Quelques semaines plus tôt, il aurait incendié l'apprenti du moment. Il en est autrement pour Hassan, car Robert brûle de lui transmettre le goût des bonnes choses.

Robert affiche un léger sourire.

— Je crois que ce petit gars a beaucoup de choses à apprendre. Non mais, qui pourrait se passer d'un délicieux *baeckeoffe*[1] ou d'une *flammekueche* ? Il va en goûter, des spécialités, votre Hassan !

La porte arrière s'est ouverte sur lui d'un coup, le faisant basculer, sauf que Robert ne tombe pas. Rattrapé à deux mains par Maggie qui a envoyé en l'air le plateau qu'elle portait, il finit par se redresser au moment où une dizaine de gâteaux lui atterrissent sur la tête.

— *Oh my God !* s'exclame Maggie.

---

1. Plat mijoté à base de diverses viandes (porc, bœuf, mouton...) cuites dans le vin avec des pommes de terre et des carottes. Le *baeckeoffe* se cuit dans une grande terrine et au four pendant de longues heures.

La crème au beurre citronnée macule le gros nez de Robert ainsi que ses moustaches. Ses belles moustaches qu'il a peignées et parfumées avec attention. Rouge de colère, il serre les poings et ouvre la bouche, mais rien n'en sort. La crème, lisse et onctueuse, vient de glisser sournoisement entre ses lèvres, lui intimant le silence.

— Je suis vraiment navrée, s'excuse Maggie tout en cherchant nerveusement un mouchoir dans les poches de son jean.

Robert ne dit rien. Son cœur bat à toute allure. Le goût de la crème au beurre est si délicat qu'il en oublie sa rancune. Une vraie caresse. Certains mets ont le pouvoir d'adoucir les cœurs, et celui-ci est sacrément efficace.

— Pardonnez-moi, monsieur « Woualch », vos moustaches sont toutes crottées, dit-elle après avoir dénoué le foulard mauve qui maintenait ses cheveux en une immense queue-de-cheval.

La longue tignasse rousse et frisée lui tombe aussitôt sur les épaules, lui donnant un air de sauvageonne. Robert rougit alors qu'elle se penche pour lui nettoyer les moustaches avec son foulard. Il l'arrête en lui saisissant doucement le poignet.

— Laissez, ce serait du gâchis, dit-il en s'humectant les lèvres pour récupérer le reste de crème.

Maggie lui sourit. Elle a tout d'une British rachitique et déjantée sortie d'un concert pop. Ses grandes lunettes noires tombant sur son nez long et aquilin lui donnent une allure presque grotesque. Elle ne fait rien pour plaire, ni pour valoriser son physique hors norme. Peu d'hommes sont capables de voir la beauté d'une femme au premier regard. Robert ne s'est jamais posé la question. Or, à cet instant précis, alors que Maggie lui sourit tendrement, dévoilant ses dents du bonheur et de mignonnes pommettes constellées de taches de rousseur, il lui trouve un charme fou.

— Mes scones sont fichus ! s'exclame-t-elle tout en réunissant les petits cakes tombés à leurs pieds.

Robert s'agenouille et l'aide à son tour. Il ignore pourquoi il agit comme ça. En temps normal il aurait déjà retrouvé la cuisine pour rouler ses *fleischschnakas*, or la *scheni haxa*[1] de Londres semble l'avoir pris au piège.

— Des « stones » ? Qu'est-ce que c'est ?

— Ce sont des « scones », des petits cakes anglais. J'ai pour habitude de les couvrir de crème au citron afin de cacher la misère... parce que je ne suis pas la meilleure des pâtissières, avoue-t-elle. Vous conviendrez quand même qu'ils ressemblent un peu à Mick Jagger maintenant qu'ils sont tout aplatis ! On pourrait appeler cela des « Stones » !

Elle appuie fortement l'index sur ses lèvres pour imiter la bouche écrasée du rocker, ce qui fait hurler de rire Robbie. L'Anglaise lève les sourcils, surprise de l'hilarité du fermier. Cela doit faire une éternité qu'il n'a plus ri ainsi.

1. Jolie sorcière.

Ce n'est pas tant l'expression de Maggie qui l'amuse, mais la situation. Pendant un instant, Robert s'est vu à la place d'Hassan. Comment pouvait-il lui faire une morale culinaire alors qu'il est lui-même incapable de prononcer le nom d'une pâtisserie d'outre-Manche ? Vouloir que tout le monde connaisse les mets alsaciens est une chose, s'ouvrir à la gastronomie mondiale en est une autre.

— Je ne savais pas que j'étais si drôle...

— Ce n'est pas vous. Le contexte ne peut être plus cocasse ! Soyez rassurée, vous êtes très mignonne même quand vous faites la grimace.

La porte de la cuisine s'ouvre sur Elsa qui écarquille les yeux comme des soucoupes.

— Robbie, ça va ? Je t'ai entendu crier !

Et Robert de continuer de rire comme un fou. Un rire qui dévale toute la vallée, l'illuminant, l'embrasant de sa chaleur.

La petite Elsass' n'en croit ni ses yeux ni ses oreilles. L'amie de Fatima n'est pas une femme ordinaire. C'est une magicienne. Le parfum citronné des scones envahit l'espace, le rendant plus joyeux, plus chantant. Autant le dire, si Fabienne Thibeault chantait « Le monde est stone », une seule bouchée des scones de Maggie aurait pu lui faire changer les paroles et voir le monde en couleurs.

9

Le tambour

Le bâton de réglisse ne ressemble plus qu'à une ignoble bouillie à chiquer. Robert n'a rien remarqué. Étendu sur son lit, les bras croisés, il le mâche et remâche encore pour couvrir le tohu-bohu qui lui secoue la poitrine. *Boum, boum, boum.* Son cœur n'a jamais battu aussi fort. Pendant un instant, Robert se dit qu'il voudrait sortir de sa cage et aller gambader sous les étoiles, tant il frappe fort contre ses côtes. *Un cœur courant dans la nuit, au beau milieu des courgettes et des tomates, ça pourrait les perturber*. Terrifié par cette idée, il enserre son torse pour mieux contenir l'affreux zozo qui bat à n'en plus finir.

— Vas-tu te calmer ?

Le cœur lui répond par une nouvelle sarabande enflammée. Cela fait des heures que Robert lutte pour retrouver ses battements habituels et apaisants. Peine perdue. Il lui suffit de fermer les yeux pour revoir le visage lumineux de la *scheni haxa*, et là, c'est la fanfare assurée ! Le cœur s'emballe avec l'intensité d'un tambour de l'armée russe et résonne dans l'immense cage thoracique qui s'est toujours contentée d'un rythme moindre. Sauf que ce soir, la cadence est étourdissante, effrayante. Elle secoue le pauvre Robbie de la tête aux pieds, le contraignant à l'immobilité alors qu'il devrait changer la litière des poules.

— Oh, toi ! Je vais te faire taire, et vite fait ! s'exclame-t-il en se redressant.

Il finit par se lever pour cracher sa chique dans un mouchoir. D'un geste las, il le jette à la poubelle avant d'ouvrir la fenêtre en grand. Éreinté, il inspire de toutes ses forces. Il a l'impression que même s'il avalait tout l'air du ciel, cela ne le soulagerait pas. Il lui en faut plus.

D'un pas décidé, il franchit le couloir illuminé par de petites veilleuses. Tout le monde dort à cette heure tardive. Il est plus de minuit. Quelques pensionnaires doivent jouer aux cartes de l'autre côté de l'auberge, tandis que Fatima, Hassan, Elsa et les jumeaux dorment à poings fermés. Et Maggie, que fait-elle en ce moment ? Est-elle plongée dans ses rêves ou écoute-t-elle de la musique ?

Le cœur s'emballe et bat plus fort. Maggie. Voilà la raison pour laquelle Robert perd ses moyens. Tremblant, il pousse la porte qui mène au potager pour fuir l'inexorable vérité.

L'air lui entre violemment dans les poumons. Le souffle coupé, il s'arrête tout près du poulailler, les yeux rivés sur le ciel étoilé.

— Trois jours, murmure-t-il. Cela fait trois jours qu'elle est ici et elle me rend dingue. Aidez-moi, bon sang !

Les étoiles ne disent rien. Confidentes muettes et immobiles, elles se contentent de briller et d'embrasser Robert de leur lumière tendre et éphémère.

— De là-haut vous devez rire à me voir m'égosiller tout seul, leur dit-il, amer.

Les étoiles répondent de leur gentil scintillement. Robert ne leur en veut pas. Les demoiselles de la nuit ont aussi le droit de faire des manières. N'importe qui trouverait ridicule qu'un bonhomme de cinquante-deux ans ait peur d'aborder une femme de son âge.

Robert serre les poings. Il intériorise sa peur, l'enfonce bien profondément dans ses entrailles lourdes d'angoisses. Pour ça, il est fort. Quand il s'agit de faire l'autruche afin de ne pas subir la réalité, il est même médaillé d'or ! Sa peur de tomber amoureux, il la prend du bout des doigts comme une vilaine chaussette, et hop ! la voilà qui tombe sous le reste de linge sale, au milieu des salopettes du mal-être et des slips de la honte. C'est ainsi qu'il fonctionne. Il trie ses émotions comme on fait sa lessive et balance tout en espérant ne pas trouver une chaussette réfractaire au milieu du linge propre.

— Ça va aller. Elle n'est là que pour deux semaines, après ce sera fini. Je n'ai qu'à me tuer à la tâche et l'éviter. Oui, c'est ce que je dois faire, se rassure-t-il en descendant vers la terrasse.

Dans la pénombre, il voit les nappes blanches qui frémissent, caressées par une légère brise. Son estomac est à l'envers. *Jesus Gott !* Cette sensation, ce frisson à la vue de la terrasse où elle chante et danse avec les enfants... c'est pas bon signe du tout.

— Robert ? Qu'est-ce que tu fais dehors à cette heure ?

Le fermier sort de ses pensées et prend conscience qu'il se trouve juste devant Elsa. Assise sur une chaise en rotin, elle profite du silence de la terrasse pour siroter un thé aux écorces d'orange. Un vrai délice.

— Et toi, que fais-tu là ? lui renvoie Robert pour ne pas se débiner.

— Je me détends. Les gosses sont au lit, les comptes sont faits, alors je prends du temps pour moi, pour penser à la vie.

Il hoche lentement la tête, approuvant le rituel de sa sœur. N'est-ce pas la même chose qu'il est venu chercher en quittant le lit à presque 1 heure du matin ?

— Viens t'asseoir à côté de moi, il reste une place pour mon grand frère préféré.

— Comment peux-tu parler de préférence alors que je suis ton seul frangin ?

Elsa roule des yeux en faisant la moue.

— Rejoins-moi, espèce de gros ours mal léché !

— Tu vois que tu peux être sincère, répond Robert en s'installant sur la chaise à bascule.

Il se laisse aller en arrière et pousse un soupir qui en dit long sur ses émotions. Le silence s'installe entre eux, sans lourdeur, un doux répit qui permet à Robert de se ressaisir lentement.

— Tu as fait des progrès fantastiques en l'espace d'une semaine, le félicite Elsa.

Robert ne sait plus où se mettre, il a l'impression d'être un écolier à qui on fait des compliments pour la première fois. Pourtant, ses parents ne sont pas là pour y assister, et seules les milliers d'étoiles sont témoins de la scène.

Muet comme une carpe, il sort une réglisse de la poche de sa chemise. Rêveur, il la suçote lentement en pensant aux derniers jours qu'il vient de vivre.

— Tu as plus parlé en l'espace d'une semaine que durant toute l'année écoulée. Je ne sais pas comment Fatima et Hassan ont pu s'y prendre, mais le résultat est là. Robbie, tu es en train de sortir de ta coquille ! Tu te rends compte que je t'ai vu rire avec Maggie ?

Une drôle de pression s'abat sur les épaules de Robert. Il revoit la scène. Le sourire de Maggie, le regard entendu d'Elsa. Qu'a-t-elle pensé en les trouvant presque dans les bras l'un de l'autre ? Sa sœur, qui cherche constamment à le caser, n'aurait-elle pas orchestré la venue de l'Anglaise pour parvenir à ses fins ?

— Arrête un peu de rêver, Elsass', ce n'est pas parce que tu m'as découvert en train de rire avec une femme que je vais changer mes habitudes.

— Que tu le veuilles ou non, elles sont déjà modifiées. Et puis, si tout roulait comme d'ordinaire, je ne t'aurais pas trouvé dehors à faire la grise mine ! Tu es sorti parce que tu ne supportes pas le changement et que ça t'empêchait de dormir.

Et toc ! Voilà la petite sœur qui se change en médium. Manquerait plus qu'elle lui sorte une boule de cristal pour prédire son avenir ! Robert Walch, le fermier solitaire, aura-t-il à nouveau le cœur brisé ?

— Tu ferais mieux d'arrêter d'inviter des inconnus sous notre toit, réplique-t-il avec amertume. Ton précieux chiffre d'affaires va vite baisser si je deviens insomniaque. C'est une perte de temps de communiquer avec tout ce beau monde… Tu verras, plus je parlerai, plus ma cuisine sera de moindre qualité.

Les mots sont sortis d'une traite. De belles excuses pour ne pas perdre la face !

— Tu as fini ton cinoche ? J'ai vu que tu prenais du plaisir à travailler avec la nouvelle équipe. Au contraire, tes plats sont plus doux depuis que tu côtoies des gens. Tu ne vois pas qu'ils t'inspirent ? Tu commences à t'ouvrir à d'autres cultures, c'est fabuleux !

— Et dangereux, avoue-t-il. Si ça continue comme ça, je vais tout perdre. Ma passion, l'envie de me lever…

Elsa saisit sa grosse patte pour la caresser. Il se laisse faire. Il est bien trop préoccupé pour la repousser.

— Aller vers les autres n'a jamais tué personne. Tu as de quoi être chamboulé. J'ai bien vu que tu appréciais Hassan et Fatima, et surtout, j'ai remarqué que tu faisais tout pour fuir Maggie. Robbie, tu as le droit de te sentir attiré par une personne. Tu as cinquante-deux ans, il serait temps que…

— Laisse tomber, Elsass', je n'ai pas à recevoir de leçons de toi.

— Pourquoi, parce que je suis ta petite sœur ?

— Parce que tu es aussi cabossée que moi ! Tu penses m'aider en me mettant de nouvelles personnes dans les pattes, mais c'est tout le contraire. Je… je ne suis pas prêt à faire des rencontres, je suis un solitaire, je n'aime pas les gens, combien de fois dois-je te le répéter ?

— Tu pourrais arrêter d'enfiler ta carapace quand je te parle ? Tu es mon frère, on peut se livrer à cœur ouvert.

— Ouvrir ! Ouvrir ! Tu n'as que ce mot à la bouche et à quoi ça t'a menée ? Tu as deux enfants qui ne connaîtront jamais leur père ! Combien d'hommes as-tu rencontrés depuis que ce *kloufi*[1] de Marc t'a abandonnée ? Je sais que tu pleures toutes les nuits !

Elsa se contente de boire une gorgée de thé. Elle a l'habitude que Robert la plombe de reproches dès qu'elle tente de le faire parler. Il s'agit d'un réflexe de défense, rien de plus.

— Tu as raison, je souffre encore aujourd'hui. Je ne pensais pas à quarante ans que je pourrais trouver l'amour. Marc est venu faire des travaux à l'auberge, on a eu une belle aventure, et il est parti sans savoir qu'il venait de faire de moi une mère. Quand je l'ai retrouvé, j'ai appris qu'il était marié. Cela n'enlève rien au bonheur

1. Imbécile.

que j'ai éprouvé durant les semaines où il était ici, et ça n'enlève rien à l'amour que j'éprouve pour les jumeaux.

— Il s'est foutu de toi et tu restes positive...

— J'ai vécu une belle histoire avec lui et chaque jour j'y repense en voyant mes enfants grandir. Fermer son cœur, c'est prendre le risque de laisser passer sa chance. Je l'ai prise quand j'ai rencontré Marc. Je suis une vieille fille, mon Robbie, j'avais tout le profil pour finir seule car j'avais peur de tomber amoureuse de la mauvaise personne...

— Tu es tombée sur la mauvaise personne, justement ! s'emporte-t-il.

— Tu ne comprends donc pas ? Ma plus belle histoire d'amour, ce n'est pas Marc, ce sont Charlotte et David. Sans Marc, sans cette désillusion, je n'aurais pas connu le bonheur d'être mère. J'essaye justement de te dire que derrière une mauvaise rencontre peut s'en cacher une autre, plus belle, plus enrichissante.

— Alors, tu aimerais que je souffre pour découvrir un grand bonheur ?

— Non. Sois juste positif. En quelques jours tu es allé vers plus de personnes que durant toute une vie. Je ne t'ai jamais vu aussi épanoui. Tu transmets ta passion aux autres, tu la partages. Sois fier de toi, les gens t'aiment bien. Tu en as conscience ? On t'aime, alors continue de montrer l'homme caché sous cette cuirasse, dit-elle en lui posant une main sur la poitrine.

— Tu es trop optimiste. Les gens finiront par se lasser de moi. Je ne suis pas comme tout le monde ! On m'a sans arrêt reproché d'être un rêveur, et ça ne risque pas de changer. Les hommes comme moi, on ne les aime pas, au plus on les apprécie comme un *luschtiga schnok*[1] !

Il s'est levé si vite qu'il en a le tournis. Ses moustaches grises tressautent sur sa lèvre. Robert a envie de pleurer.

— Tu as besoin des autres. Cesse de te rabaisser et accepte leur amitié.

— Et si cette amitié devenait autre chose, et si... si on me brisait le cœur ?

— Alors tu auras au moins eu la chance de vivre une histoire d'amour dans ta vie. Le plus dur est d'avoir une existence de regrets. N'attends pas d'être trop vieux pour regretter de ne pas avoir aimé.

1. Littéralement « moustique joyeux », utilisé pour dire « bête de foire ».

10

Allô ? Docteur Lapinou ?

— Robert, les clients n'auront rien à manger si tu ne sors pas !

Toujours aucune réponse. Blotti sous une couverture, le fermier fixe la porte, qui vibre sous les coups d'Elsa. La situation est critique. Quand il n'arrive plus à gérer un trop-plein d'émotions, Robert se coupe définitivement de la réalité, au point de tout abandonner.

Il pousse un soupir en revivant mentalement le fil de sa matinée.

Il s'était pris au piège de l'optimisme d'Elsa. Ragaillardi par leur conversation, il avait décidé de ne pas se priver d'une belle amitié. Il n'avait aucune idée de ce qu'il éprouvait pour Maggie. C'était bien plus ses scones et son succulent accent anglais qui le faisaient craquer. Rien à voir avec un coup de foudre !

Elsa avait raison. Il prenait plaisir à rencontrer de nouvelles personnes et à s'enrichir de leur culture. Sa peur de tomber amoureux était fondée uniquement sur le fait qu'il s'était trouvé malencontreusement dans les bras de Maggie. Son imagination n'avait fait qu'un tour et son cœur s'était emballé. Autant dire que ce bon vieux Robbie s'était mis la rate au court-bouillon pour pas grand-chose.

Les bras chargés d'un panier débordant de pains et de viennoiseries préparés durant la nuit, il avait rejoint Hassan et Fatima attablés sur la terrasse. Au départ, tout était bien parti. Robert avait même battu son record d'apnée de biscotte sous chicorée. Personne n'avait cherché à lui extirper quelques mots. Fatima le connaissait assez pour respecter son rituel matinal.

Malheureusement, Elsa avait tout fichu par terre en invitant Maggie à les rejoindre.

Ses mains tremblent encore sur la petite liste de courses apportée par Maggie. C'est elle le déclencheur, la source de toutes ses angoisses.

Elle voulait qu'ils aillent au village pour faire du tourisme et acheter des produits locaux. *Comment peut-elle penser que je sois capable de lui servir de guide ? Je ne connais rien du village d'à côté. N'importe quel touriste serait mieux informé que moi !* pense-t-il en retenant ses larmes.

Il se sent honteux, misérable. Lui qui ne cesse de défendre la gastronomie régionale, il se rend compte qu'il ne sait rien de l'Alsace, qu'il n'a jamais cherché à la rencontrer hors des limites de la ferme.

La voilà, sa désillusion amoureuse. La douleur qu'il craignait de sentir encore la nuit dernière. Il pensait aimer profondément l'Alsace, bien plus que les gens. Mais c'est une étrangère. Maggie lui a fait comprendre qu'il ne méritait pas l'amour de sa terre. Ses pires angoisses le prennent à la gorge jusqu'à l'étouffer. Vite ! De l'air !

Il sort du lit et court à la fenêtre, devant laquelle il s'arrête net, les yeux exorbités.

— *Kopfklemi,* Fatima ! Vous êtes totalement folle !

Debout sur une échelle, Fatima prend appui contre la gouttière qui passe sous la fenêtre de Robert. Cette dernière est restée fermée, si bien qu'elle n'entend rien de ce qu'il dit.

— Fichez le camp ! J'ai dit que je ne voulais voir personne. Je suis trop *schlass*[1] pour faire quoi que ce soit.

Elle fait mine de ne pas comprendre en tendant l'oreille vers lui. Robert l'ignore et lui tourne le dos. Contrarié, il se sent pris au piège entre sa sœur qui tambourine la porte et Fatima qui l'observe du haut de son perchoir.

Bien décidé à rester cloîtré, il reste un moment debout à compter le nombre de lattes qui composent le lambris de sa chambre.

— Quarante-six, finit-il par soupirer.

Quarante-six, c'est autant de minutes qu'il vient de passer sans répondre à Elsa qui a fini par abandonner. Satisfait, il fait un tour sur

1. Épuisé.

lui-même avant de se figer. Une grande paire d'oreilles blanches remue juste sous la fenêtre.

— *Was*[1] ? s'interroge Robert en s'approchant.

Le lapin fait un bond de quelques centimètres et apparaît entièrement. C'est une drôle de peluche blanche mal peignée et au nez rongé par le temps.

— Bonjour Robbie, dit la petite peluche, dont la bouche reste close.

Robert arque les sourcils et ouvre entièrement la fenêtre pour attraper l'étrange individu. Fatima se redresse aussitôt de l'échelle sur laquelle elle se tenait en équilibre et brandit fièrement la main sur laquelle se tient la marionnette.

— Je vois que le docteur Lapinou est encore efficace, déclare-t-elle en lui embrassant le museau.

— Je vous ai dit de descendre et de me laisser seul, grogne Robert qui s'apprête à fermer à nouveau la fenêtre.

— Tu ne me l'as pas dit à moi, répond le docteur Lapinou de sa voix tendre et apaisante.

Nouveau haussement de sourcils du fermier qui en oublie de chasser Fatima.

— C'est qui ce « docteur Lapinou » ?

— Un ami fidèle qui sait aider les cœurs solitaires, répond le petit lapin. Tu es un cœur solitaire, n'est-ce pas Robbie ?

Aussi incroyable que cela puisse paraître, Robert ne parvient plus à détacher les yeux du

1. « Quoi ? », à prononcer « Woss » avec beaucoup de stupéfaction.

lapin en peluche et reste captivé par la sincérité de sa voix.

— Si tu me laisses entrer, je pourrai peut-être te soulager.

— Fatima, vous êtes adorable, et il est vrai que votre lapin a un je-ne-sais-quoi qui fait du bien, mais je veux être seul.

Fatima finit par retirer sa main de la marionnette et la glisse dans la poche arrière de son jean.

— Hassan disait pareil, pourtant ce bon vieux Lapinou l'a aidé de nombreuses fois.

— Pourquoi avait-il besoin d'une peluche pour se sentir mieux ?

— Parce que c'est un rêveur comme vous, Robert, répond Fatima avec émotion. Et les hommes de votre trempe ont parfois du mal à se fier aux habitants du monde réel.

Robert déglutit douloureusement. Sa gorge est nouée. Le monde réel, voilà ce qui l'effraie le plus. Comment un jeune homme aussi confiant et joyeux qu'Hassan aurait-il eu le soutien d'un docteur aux moustaches synthétiques ?

— Vous essayez de m'amadouer pour que je vous laisse entrer, finit par conclure le fermier qui saisit la poignée de la fenêtre.

Fatima plaque vivement la paume de sa main sur la vitre et fixe Robert droit dans les yeux.

— Vous pensez qu'il s'agit d'un simple hasard si vous avez accepté Hassan ? Avant notre venue, vous rejetiez tout le monde. Sachez, mon ami, que mon fils n'a pas parlé jusqu'à l'âge de six ans et que seule cette petite marionnette l'aidait à extérioriser ses craintes. Vous discutez avec vos poules et vos légumes ? Mon fils se confiait au docteur Lapinou.

Robert recule d'un pas, sonné par les mots de Fatima. Il s'assied sur son lit tandis qu'elle franchit la fenêtre. Vêtue d'une chemise à carreaux rouges et noirs ainsi que d'un jean, elle a l'air de sortir d'une soirée country. L'imaginer danser le madison fait légèrement sourire le fermier.

— Je peux venir à côté de vous ?

Il fait oui de la tête et reste silencieux.

— Vous n'avez certainement pas eu une enfance facile, cela se voit à votre façon d'être. Les enfants heureux font des adultes épanouis, alors que vous semblez vouloir retourner à cet état d'innocence pour jouir de ce dont vous avez été privé.

Elle tente de lui prendre la main pour le rassurer, mais Robert la fourre aussitôt dans la poche de sa salopette.

— Difficile de se laisser toucher, ou de parler à des inconnus, n'est-ce pas ?

Il baisse la tête, résigné, ennuyé de voir que la jeune femme semble le connaître mieux que personne.

— La nouveauté vous angoisse, alors vous créez des rituels, des habitudes qui vous rassurent.

— Pourquoi dites-vous tout cela ? Je me sens très bien ainsi.

Fatima sort le docteur Lapinou de la poche de son pantalon et le lui tend.

— Je pense que, tout comme Hassan, vous auriez bien eu besoin du docteur Lapinou quand vous pensiez que personne ne pouvait vous comprendre... à part vos légumes.

Badaboum ! Le cœur de Robert a eu un tel raté que le pauvre fermier en a la chique coupée.

— Hassan a toujours été très sensible. Enfant, il était renfermé et ne supportait pas certains sons. Il pouvait devenir agressif uniquement parce que son père faisait trop de bruit en mangeant. Le plus dur a été de faire comme si nous étions une famille unie. Karim était trop terre à terre, trop sévère pour comprendre Hassan. Pendant des années, nous avons supporté les colères de Karim, les coups, les crises d'angoisse. Si Hassan pleurait trop, cela finissait en fessée. Si Hassan piquait une colère, il l'enfermait dans sa chambre... Je ne pouvais pas accepter cela plus longtemps. J'ai pris mon gosse avec moi, une petite valise, et nous sommes partis à travers l'Europe. De voyage en voyage, j'ai tissé un nouveau lien avec lui, et j'ai compris que cette différence qui faisait si peur à son père était une force dont je devais m'inspirer. Maggie m'a énormément aidée. Elle voyait Hassan avec un optimisme merveilleux. Pour elle, ce qui faisait de lui un garçon aussi singulier devait être une force. Robert, à votre manière, je pense que vous êtes quelqu'un de hors norme vous aussi, et c'est pourquoi nous avons tous à apprendre de vous.

— De moi ? Je ne suis qu'un vieil ours solitaire, je ne vois pas ce que je pourrais transmettre.

Fatima lui sourit tendrement avant de poser une main sur sa cuisse.

— Vous contez fleurette aux carottes avant de les sortir de terre, vous chantez des berceuses à vos poules... Personne ne fait cela, personne n'a une telle sensibilité. Vous reprochez au monde entier de ne pas respecter la nourriture, car vous êtes certainement une des rares personnes à comprendre d'où vient chaque ingrédient et à en saisir l'essence. Votre singularité fait de vous un protecteur de la nature. Vu l'époque dans laquelle nous vivons, il est évident que vous devriez vous ouvrir au monde, car le monde a besoin de vous.

Robert en a la chair de poule. Il a toujours pensé que sa différence était une tare, un peu comme une maladie qui ne trouverait aucun remède. Moqué pendant une grande partie de sa vie, Robert soupire en prenant conscience qu'il n'est peut-être pas une bête de foire.

— Même si vous avez raison, je ne vois pas comment je pourrais transmettre ce qui me constitue. Je suis comme ça, c'est tout. Et puis, aller vers les autres ce n'est pas dans mes cordes. Je parviens à communiquer avec vous uniquement parce que vous savez comment vous y prendre.

— Cela n'a pas été facile. Il m'a fallu beaucoup de temps, de patience et de compréhension pour aider Hassan à se sociabiliser. Pendant des années, il ne s'adressait qu'au docteur Lapinou. Je peux vous assurer que cette marionnette est certainement la meilleure chose qu'il lui soit arrivé. Alors, aujourd'hui, il serait bon pour vous d'accepter notre aide.

Les mains posées sur ses joues, Robert écoute attentivement Fatima. Ses paroles le renvoient à sa propre enfance, aux moqueries des gosses du village, à l'incompréhension de ses professeurs, et surtout à l'amour inconditionnel de sa mère. Elle seule savait lui parler et le voyait tel qu'il était.

— Votre sœur m'a raconté ce que vous avez vécu. Je sais que votre mère était votre pilier et qu'à sa disparition vous vous êtes enfermé dans votre bulle. Cependant, vous devez en sortir. Ce serait salutaire, aussi bien pour vous que pour ceux qui vous entourent.

— Je... je voulais le faire. J'étais prêt à sortir à nouveau pour emmener Maggie en ville, mais j'ai compris qu'il était trop tard, que je ne connaissais rien du monde extérieur. Fatima, j'ai si honte ! Je passe le plus clair de mon temps à défendre les valeurs de ma région alors que je ne la connais pas. Je suis lamentable !

De grosses larmes mouillent les joues de Robert. Il ne peut s'empêcher de pleurer tant il se sent pitoyable.

— Ne vous en faites pas, on va vous aider. Vous finirez par profiter d'une belle balade avec Maggie.

— Je ne sais pas si j'en ai le courage. Rien que d'imaginer la ville, le bruit... C'est au-dessus de mes forces ! Pourtant j'ai envie de mieux connaître ma région. Rencontrer Maggie m'a fait prendre conscience que mon amour pour l'Alsace n'était pas aussi profond que ce que je croyais. J'ai l'impression d'être amoureux d'une femme dont je n'aurais vu que les lèvres ou les yeux... Si je pouvais voir « toute » mon Alsace, alors peut-être que je pourrais...

Sa voix se brise. Il n'ose plus dire un mot.

— Vous pourrez alors ouvrir votre cœur à de vraies personnes, complète Fatima. Et vous avez commencé à le faire.

Elle entoure Robert de ses bras chaleureux et l'enlace tendrement.

— Demain, Hassan vous emmènera prendre un bol d'air frais, en pleine nature. Si vous souhaitez créer un lien plus vif avec votre région, commencez par là, et progressivement nous vous ferons sortir de votre bulle.

Robert hoche la tête. Il est épuisé, frappé par une avalanche d'émotions. Fatima le serre plus fort et chantonne à son oreille :

— *Oh j'voudrais tant coincer la bulle dans ta bulle, et traîner avec toi qui ne ressembles à personne*[1]. Laissez donc votre bulle se mêler aux nôtres, nous avons tous besoin de vous pour illuminer nos vies. Je me charge de vous faire découvrir le monde réel, continuez de nous faire rêver.

1. Étienne Daho, « Week-end à Rome ».

11

« Scoot » toujours !

Courbé au-dessus d'une brouette, Robert la remplit de fumier. L'odeur ne l'incommode pas, au contraire. Plus le fumier sent fort, meilleur il sera pour ses rosiers et son potager. Reconnaissant, il envoie un baiser aux chèvres, qui le saluent d'un hochement de tête. Concentré sur sa tâche, il n'a pas remarqué Maggie qui l'observe à l'entrée de l'étable.

— Je croyais que vous deviez sortir avec Hassan aujourd'hui.

Robert se retourne et découvre l'Anglaise. Vêtue d'une robe rouge à pois noirs, elle lui sourit de ses jolies dents du bonheur.

— Nous partons tout à l'heure. Il fallait que je finisse de nettoyer les litières...

— Vous êtes toujours affairé, ce doit être éreintant de vivre ainsi.

Même chaussée de petits escarpins, Maggie marche dans l'étable et ne craint pas de les salir.

Elle semble à l'aise, heureuse de se trouver en compagnie des chèvres qui mangent paisiblement. Sa façon de les regarder est presque maternelle. Robert peine à cacher sa surprise. La citadine serait-elle une fermière dans l'âme ?

— J'aime ce que je fais, explique-t-il en soulevant un énorme tas de fumier. Ce que vous voyez comme du travail, je le considère comme une activité ordinaire.

Les joues rouges d'effort, il renverse le tout dans la brouette alors que Maggie le rejoint, d'un pas leste, presque sautillant.

— Je peux vous tenir compagnie ?

Habituellement Robert aurait répondu par la négative, mais Maggie n'a ni le comportement ni l'allure des clients de l'auberge. Curieuse et enthousiaste, elle est toujours partante pour donner un coup de pouce à Elsa ou pour surveiller les jumeaux. Venue ici pour se changer les idées, elle n'agit pas comme une vacancière.

Elle se rapproche et lui sourit à nouveau. Ses yeux légèrement plissés brillent de malice. Robert cède, charmé par sa simplicité.

— Je crois que vous ne me laissez pas le choix, non ?

Maggie éclate de rire avant de saisir une deuxième pelle.

— Vous faites quoi ?

— Je ne supporte pas de rester les bras croisés, dit-elle en riant. Et puis j'adore l'odeur du fumier !

Robert sourit. Fatima avait raison, Maggie a quelque chose de solaire. Côte à côte dans la paille, ils s'activent en se donnant de légers coups de coude tant ils sont proches l'un de l'autre.

— Entre votre activité à la ferme et la cuisine, vous avez de sacrées journées. Pourtant, vous ne considérez pas cela comme un travail, c'est ce que vous disiez ?

— C'est vrai, souligne Robert. Je pense qu'un boulot est quelque chose que je dois faire contre ma volonté.

— Nettoyer les litières est donc un passe-temps ?

Elle lui sourit tendrement. Son regard est doux et malicieux.

— J'aime m'isoler dans l'étable, ça me permet d'être seul et d'éviter les longues conversations avec Elsa.

— Oh… je vois. Si vous préférez, je devrais peut-être vous laisser.

Elle s'apprête à poser sa pelle et est aussitôt frappée par la volubilité de Robert.

— Cela dépend des sujets de discussion. Parler de fumier me plaît davantage que les conversations de ma sœur. Elsa n'a que les mots « paperasse », « clients », « satisfaction » à la bouche… Moi, je préfère ne pas être en contact avec eux et ne pas penser à l'argent que l'on gagne. Je n'ai jamais compris pourquoi on devait se tuer à la tâche quand la terre nous procure de quoi vivre…

Maggie écoute attentivement Robert. Elle le trouve touchant et un brin naïf. C'est comme écouter un grand enfant. Un enfant qui s'est affranchi des responsabilités du monde des adultes. Fatima a eu raison de la faire venir. À lui seul, Robert est une source d'évasion.

— Je fais tout ça par plaisir. J'aime m'occuper du jardin, regarder les fleurs s'épanouir, veiller sur mes légumes et leur donner ce dont ils ont besoin. Si on devait m'obliger à agir contre mon gré, je partirais immédiatement.

— Pour aller où ?

Robert plisse les yeux. Une petite lueur brille dans ses prunelles.

— Au chalet « des boutons d'or », une maisonnette qui appartenait à mes parents. Personne n'y va, et elle se trouve en montagne. Je pourrais y vivre comme bon me semble.

— Vous seriez bien seul tout de même.

— On n'est jamais seul quand on sait écouter la nature.

Maggie en a la chair de poule. Parler avec Robert, c'est être face à une personne qui ignore tout du monde extérieur et possède une connaissance absolue des choses de la vie. Elle se dit qu'il ne doit certainement pas savoir qu'Elsa paie des impôts pour le fameux chalet « des boutons d'or » et que pour vivre dans un tel endroit, il faudrait qu'il apprenne à régler des factures ou à remplir des déclarations. Ce n'est qu'un rêve enfantin que Robert ne réalisera jamais. Pourtant Maggie a envie de croire qu'il est encore possible de vivre ainsi, de se laisser porter par le cycle des saisons sans se soucier des formalités administratives.

— Vous comptez partir un jour ? demande-t-elle.

— Tout dépendra de comment les choses évolueront. J'aime vivre ici, ça me ferait mal au cœur de quitter ma ferme et mon potager.

— Je crois que vous n'avez pas conscience du fait que vos clients ont besoin de vous. Vous êtes quelqu'un de rare et il est bon pour nous autres d'être à votre contact. Il est bien dommage que vous soyez si timide. Nous aurions tous beaucoup à gagner en vous fréquentant.

La pelle échappe des mains de Robert tant il est frappé par les mots de Maggie. Cette dernière la rattrape de justesse.

— Vous devriez partir, vous me déconcentrez, dit-il en se ressaisissant.

— J'étais sincère. La plupart des gens se contentent de vivre en suivant un schéma préétabli. Ils font un minimum d'études, se marient, ont des enfants, achètent un bien, s'endettent, s'angoissent pour l'avenir de leurs gosses, paient leurs factures et leurs impôts en râlant... Toute notre vie s'organise autour de deux choses : le paraître et la soumission. On fait tout pour entrer dans le moule, pour éviter le jugement d'autrui, du coup on se soumet à des diktats énoncés par la société. L'homme qui est heureux est celui qui possède ceci ou cela, qui fait tel ou tel travail... J'ai fait de longues études, je vis dans une des plus belles villes d'Europe, et pourtant je suis ici, avec vous, à chercher un sens à ma vie. Tout le paradoxe est là. Mon quotidien est celui dont tout le monde rêve. Une bonne situation financière, un chouette job, un appartement cosy à Londres, et pourtant je me sens perdue.

— Maggie, il est tard, et je dois rejoindre Hassan. Qu'est-ce que vous essayez de me dire ?

— Vous êtes entièrement à l'opposé de la clientèle qui vient ici. Les gens dorment dans des auberges pour fuir le quotidien et reviennent sans avoir appris grand-chose. Je n'ai pas pu m'empêcher de vous observer, et depuis je conçois les choses différemment. Vous savez profiter de l'instant, vous connaissez les mystères des petits riens qui rendent heureux... et ça, c'est très précieux.

Si précieux que Robert a toujours voulu les préserver. Son cœur bat fort tout à coup. Il se sent pris au piège. Lui qui avait toujours bien dissimulé ses secrets, le voilà mis à nu.

— C'est à eux de trouver le bonheur tout seul. Moi, je ne peux rien faire.

— Je comprends. Vous avez le droit de garder cela pour vous.

Elle remarque que le fermier est mal à l'aise, troublé par ses déclarations. Consciente de l'avoir un peu malmené en lui posant trop de questions, elle pose la pelle contre une barrière et se dirige vers la sortie. Il ne la quitte pas des yeux. Il est rare qu'il tienne une si longue conversation avec quelqu'un d'autre qu'Elsa. Ça lui écorcherait les lèvres de l'avouer, pourtant il a éprouvé du plaisir à écouter Maggie.

Avant qu'elle ne franchisse le seuil, elle se retourne pour lui lancer un dernier regard.

— Vous n'aimez pas la compagnie des gens parce qu'ils n'ont pas votre sensibilité. Si vous la leur transmettiez un peu, vous feriez des miracles...

— Vous êtes la deuxième à me le dire, dit-il en la rejoignant.

— Certainement parce que Fatima et moi avons raison.

Robert ne sait pas quoi répondre. Heureusement, Hassan se trouve à quelques pas et l'attend dans l'allée avec son scooter. Cela lui permet au moins de le retrouver et d'éviter de trop se confier à Maggie qui s'éloigne vers l'étang aux poissons rouges.

— Tu ne vas tout de même pas me faire monter sur cette épave ? s'inquiète Robert en se rapprochant du petit bolide.

— Et pourquoi pas ? J'en ai fait, des kilomètres sur ce scooter, alors ce n'est pas une balade qui va lui faire du mal, répond Hassan qui enfile un casque.

Robert fait la moue.

— Je ne peux pas me permettre de partir comme ça, j'ai une cuisine à faire tourner !

— Maman grillera les *spätzle*[1] et réchauffera le civet de biche que vous avez préparé. Tout va bien, m'sieur Walch, vous avez géré, comme d'hab.

Les moustaches du fermier frémissent nerveusement à l'idée que Fatima ne mette pas assez

1. Pâtes épaisses grillées à la poêle. Un excellent accompagnement pour le ragoût du dimanche de Robert.

de beurre dans la poêle. De toute manière, ce ne sera pas grillé à sa façon.

— Je ne suis pas sûr que ce soit une bonne idée. Les *spätzle* demandent beaucoup d'attention. Ils ont besoin...

— D'une bonne dose de beurre mais pas trop, le coupe Hassan. D'un rapide passage à la poêle pour se dorer la pilule et d'un soupçon de persil ciselé pour leur donner bonne mine.

Cette fois, son petit *lehrbüa*[1] l'a bien eu. Les leçons sont parfaitement apprises et de bon cœur !

— Ne vous en faites pas, ma mère est aux fourneaux. Tout se passera à merveille. Allez, il est presque 11 heures, on devrait être sur la route.

— Et le dessert ? Personne n'arrivera à cuire les *kougelhopf*[2] correctement ! Non, non, ça n'ira pas... je ne peux pas partir dans ces conditions.

Hassan lève le siège du scooter et sort un deuxième casque qu'il tend à Robert. Le fermier le saisit et l'observe un moment pour y trouver un quelconque défaut qui l'empêcherait de prendre la route.

— Les « koukouloupfs » sont cuits et poudrés au sucre, je m'en suis chargé pendant que vous nourrissiez les poules et nettoyiez les litières.

Le fermier fulmine. Il ne sait plus s'il doit s'énerver parce que le jeune homme vient de

1. Apprenti.
2. Brioche traditionnelle alsacienne aux raisins secs et aux amandes.

massacrer la prononciation de sa brioche préférée ou bien lui tirer les oreilles pour avoir mis les pieds dans sa cuisine sans sa permission.

Voyant son patron sur le point d'exploser, Hassan ouvre le sac qu'il porte dans le dos et en sort une boîte métallique.

— Je me suis permis d'en prendre une grosse tranche pour nous deux. On pourra grignoter un peu après notre promenade.

Il soulève le couvercle et découvre le morceau de *kougelhopf* emballé dans un petit torchon à carreaux. Robert en a des frissons. La croûte est dorée à souhait, bien alvéolée. On voit qu'Hassan n'a pas quitté la brioche des yeux durant sa cuisson. Son doux parfum beurré met Robbie en appétit et il doit se retenir pour ne pas en prendre un bout.

— Je vois, tu ne me laisses pas le choix, n'est-ce pas ?

— Vous n'avez plus aucune excuse, vous pouvez quitter votre ferme sans souci.

Robert pousse un gros soupir. Il n'est pas parti de chez lui depuis des années, alors, même s'il ne le fait que pour quelques heures, cela lui pince le cœur.

— Vous avez donné bien assez d'amour et d'attention à vos légumes et vos animaux pour qu'ils puissent s'en sortir tout seuls. Vous verrez, tout ira bien pour eux...

— Et...

— Et Calimero sera nourri et promené par vos neveux, tranche Hassan qui anticipe les contournements de Robert.

Ce dernier a la tremblote. Ses doigts triturent nerveusement le casque couvert d'autocollants colorés.

— Fermez les yeux, maintenant, et laissez-vous guider, propose l'adolescent. Allez, ce n'est qu'un jeu, faites-moi confiance.

La voix d'Hassan est joyeuse et rassurante. Robert y retrouve les accents de son enfance quand il jouait à colin-maillard avec Elsa. C'était son jeu favori. Il adorait porter un foulard devant les yeux pour mieux se couper de la réalité et plonger en lui-même.

Hassan lui noue le foulard avant de l'aider à mettre son casque. L'instant d'après, il le fait monter à l'arrière du scooter. Cramponné fermement à la taille de l'adolescent, Robert serre les fesses alors que le scooter pétarade dans l'entrée principale.

— Fais-moi plaisir, esquinte les cailloux blancs d'Elsa au passage, je les ai toujours détestés, glisse-t-il à son oreille.

Hassan éclate de rire et file à toute allure, envoyant valser les cailloux dans les rosiers qui bordent l'escalier menant à l'auberge. Robert n'a qu'à tendre l'oreille pour entendre les gravillons cogner contre les pots de fleurs.

— *Kopfklemi !* peste-t-il en imaginant les dégâts.

Le fermier n'a pas pensé aux dommages collatéraux. Cependant, il est bien satisfait que le gravier ait été malmené. *Bravo gamin, ça lui apprendra à m'en faire voir de toutes les couleurs.*

Fichue Elsa ! pense-t-il, un rictus satisfait aux lèvres.

Le scooter prend de la vitesse. Robert s'accroche fermement à Hassan. L'air lui fouette la nuque et les boucles grises qui dansent dans son cou. Des parfums d'été et de soleil flattent sa narine. Son cœur s'emballe. De son auberge, le fermier n'avait accès qu'à un univers olfactif réduit. Alors qu'il pensait suffoquer à l'extérieur, il découvre que ses poumons n'avaient plus eu une telle dose d'oxygène depuis des lustres. Goulûment, il avale l'air qui file entre ses lèvres. Des saveurs de foin, de tournesol et de raisin lui titillent le palais. Les vignes doivent s'étendre tout autour d'eux. Robert n'a pas besoin de les voir pour sentir leur présence. Ses sens sont décuplés, ravivés par la course folle d'Hassan.

C'est une entrée vive et ensorcelante dans un monde qu'il pensait avoir oublié. Pourtant, les souvenirs sont là, vivaces, coriaces même. Impossible de gommer ce que le corps a ressenti des décennies auparavant. Filer entre les vignes le transporte dans un passé heureux, quand ses parents étaient encore vivants et qu'ils avaient pour habitude de sortir la décapotable pour profiter du beau temps.

— Mon Dieu, ma p'tite Elsass', murmure Robert la larme à l'œil.

Il regrette déjà d'avoir maltraité son allée feng shui. Le foulard, le scooter, tout a été pensé par Elsa pour le mettre à l'aise et lui faire revivre des instants heureux. Au fond, sa sœur le connaît mieux que ce qu'il pensait et cela ravive son cœur.

Le scooter ralentit sa course et s'engage sur une pente caillouteuse. Des parfums d'herbe, de mousse et de lichen indiquent au fermier qu'ils approchent d'une rivière. Une douce fraîcheur lui caresse la peau et calme le feu du soleil.

— Nous y sommes, déclare Hassan en s'arrêtant.

Il descend du véhicule et retire le casque de Robert. Celui-ci écarquille les yeux et découvre avec émotion le décor bucolique et envoûtant de la rivière de son enfance.

— Prêt pour une partie de pêche ? propose Hassan.

— Sans cannes, cela va être compliqué.

— Elsa est venue les déposer de bon matin, répond Hassan tout en désignant un chêne dont le tronc est couvert d'herbes hautes et de lierre.

Le fermier a du mal à cacher ses émotions. Il se revoit enfant, nageant dans cette rivière poissonneuse, cherchant des grenouilles et des têtards avec une bouteille coupée en deux. Bon sang, ce qu'il aimait cet endroit ! Il l'avait pourtant oublié, caché profondément sous une épaisseur de douleur et de solitude.

Guidé par Hassan, le fermier s'installe au bord de l'eau. Animé par les souvenirs, il retire ses vieilles bottes ainsi que ses chaussettes avant de plonger les pieds dans l'eau.

Hassan fait de même et s'installe à côté de lui. Il a posé les cannes sur la rive et apporté un panier à provisions.

— Vous voulez manger un bout ? propose-t-il.

— J'espère que tu as pensé à apporter une bonne miche et du *wurst*, c'est essentiel pour une sortie pareille.

— Je ne mange pas de cochon, mais je sais que vous ne pouvez pas vous en passer… Serait-ce ce qui vous donne si mauvais caractère ? le taquine-t-il en lui passant un sandwich préparé par Elsa.

Robert prend le sandwich et y mord à pleines dents.

— Tu sais ce qu'on dit ? Tout est bon dans le cochon, alors je ne dois pas être aussi mauvais.

— Je dirais même que vous êtes un chic type, déclare Hassan qui dévore son triangle au thon.

Robert ébouriffe les cheveux de son *lehrbüa*.

— Vous savez, je suis vraiment heureux de pouvoir passer mes vacances avec vous, déclare Hassan, les yeux fixant la rivière.

Le fermier essaye de dissimuler la fierté qui lui donne envie de sourire. Peine perdue. Son visage s'adoucit et s'ouvre.

— Vous avez changé depuis notre rencontre. Vous êtes bien plus souriant.

— C'est que je t'aime bien aussi, *manala*.

— Oh, il n'y a pas que moi que vous aimez. Je crois que vous avez du mal à accepter le fait d'avoir besoin d'être entouré.

— Là, tu vas un peu loin. Ton amitié me suffit déjà pas mal.

Et voilà le bon vieux fermier qui se ferme comme une huître.

— Laissez-nous entrer dans votre monde, Robert. J'ai longtemps cru que je devais vivre caché, puis ma mère m'a appris à faire confiance aux gens et à leur gentillesse.

— Tu penses sincèrement que je serais plus heureux si j'acceptais de vivre entouré ?

— Je crois que vous l'êtes bien plus depuis que nous sommes arrivés, non ?

Robert ne parvient pas à cacher son émoi. Le gamin a raison. Il aime passer du temps en sa présence. Lui apprendre à parler aux légumes et aux animaux, cuisiner dans la douceur de l'aube. Si vivre dans la solitude lui a permis d'être plus proche des petits bonheurs de la vie, voir un gosse comme Hassan en jouir à son tour le comble davantage.

— Vous savez, je n'ai jamais été aussi heureux qu'aujourd'hui. Avant de vous connaître, je pensais que nul ne pouvait me comprendre, se confie Hassan. Sans ma mère, je n'aurais pas osé faire une demande de job d'été dans votre établissement. Elle voulait que j'apprenne à aller vers les gens, à être moi-même, et j'ai pu y parvenir grâce à vous. Être près de quelqu'un qui me ressemble, voir que vous avez fini par être si effrayé par le monde extérieur, m'a fait prendre conscience que je devais être plus sociable. Le moins que je puisse faire aujourd'hui est de vous rendre la pareille afin que vous puissiez à votre tour sortir de votre bulle.

Le fermier garde les yeux clos pour ne pas pleurer.

— Ma mère commençait à désespérer. Partout où j'allais, je m'attirais des ennuis. On m'avait viré d'un magasin de fringues parce que j'adorais le son de l'étiqueteuse. Je pouvais passer des heures à sortir des étiquettes juste pour entendre le rouleau d'imprimante aller et venir sur les bandes adhésives... C'était si relaxant. Ça n'a pas plu au patron que je passe trop de temps en réserve et j'ai dû partir.

— Je comprends. Mon père me hurlait dessus parce que j'adorais plonger les mains dans les sacs de graines du vieux grenier. Il m'arrivait de m'endormir le nez dedans pour m'envelopper de leur odeur. Je me prenais évidemment une bonne raclée parce que les souris finissaient par y loger à leur tour... *Oyé*[1], comme j'ai pu les aimer, ces petites souris !

— Mon père me détestait, avoue Hassan qui s'est redressé.

Il saisit une touffe d'herbe et la garde dans le poing.

— Il voulait que je sois comme tout le monde, il ne parlait que de me changer, de m'apprendre à être un homme. Pour lui, être sensible est une infirmité.

Robert pose la main sur celle d'Hassan.

— Ne tire pas sur cette herbe, elle ne t'a rien fait de mal, dit-il simplement.

L'adolescent relâche lentement les brins, tordus par la pression de sa main.

— Il ne faut en aucun cas s'en prendre à la nature quand on va mal. Elle est là pour nous aider, nous rassurer.

---

1. Interjection réduisant le « oh ! Jésus » et exprimant à peu près toutes les émotions dans le Haut-Rhin.

Les doigts sur le poignet d'Hassan, il guide sa main pour lui faire caresser la chevelure herbeuse.

— L'herbe restera toujours tendre avec toi, douce et délicate. Si tu n'as pas eu l'affection d'un père, dis-toi que tu la trouveras dans chaque chose qui t'entoure.

Hassan soupire.

— Si seulement tout le monde pouvait être aussi simple et positif que vous. Vous n'avez pas idée du bien que vous faites aux gens.

Robert serre le garçon contre lui. Il ne sait pas s'il s'y prend correctement, lui qui n'enlace que ses animaux et quelquefois les jumeaux. Le clapotis de la rivière les berce de sa mélodie. Hassan s'endort paisiblement la tête sur l'épaule de Robert, trouvant près du fermier la tendresse que son père ne lui a pas donnée. Quant à Robert, il garde les yeux bien ouverts, jouissant du privilège d'être un moment seul dans un lieu bienveillant et rassurant. Pourtant, ce n'est pas la nature qui lui procure le plus de joie, mais bien la présence de l'adolescent. Autrefois, il aurait rejeté ce sentiment par peur qu'Hassan ne le blesse. Après les confidences du jeune homme, Robert comprend qu'il n'a rien à craindre. Tous deux sont de la même souche, et le fermier sent qu'il peut protéger Hassan en le couvrant de la vieille écorce qui l'avait jusqu'ici caché du reste du monde.

12

Imagine

Voilà déjà trois jours que Robert a fait sa virée en scooter avec Hassan. Depuis, il garde le souvenir d'une Alsace plus sauvage, plus franche, qui lui colle à la peau et lui procure une incroyable motivation. Celle-ci est devenue virale et se transmet à ceux qui le côtoient. La nourriture est pour le moment son unique moyen de communication. Encouragé par Maggie et Fatima, il lui arrive de passer une ou deux assiettes à Hassan quand il est en terrasse, mais il ne parvient toujours pas à aller vers les touristes. Encore moins à leur parler. Et puis, à quoi cela lui servirait-il ? Qu'aurait-il à apprendre de gens de passage ? Non, Robert persiste et signe : les touristes, c'est bien pour venir manger et dormir dans de jolies chambres agencées par Elsa. Pour ce qui est de la conversation, les aubergines ont un discours bien plus intéressant.

À défaut de s'ouvrir entièrement, Robert préfère exprimer ses émotions dans ses plats. Il veut que la clientèle déguste ses recettes et découvre le goût suave de la rivière où il a pêché ses truites. Il leur doit bien ça, à ses jolis poissons, qu'il prépare comme un bijoutier taillerait un diamant.

— Bonsoir, Robert, vous avez besoin d'un coup de main ? lui demande Maggie en entrant.

Il ne prend pas la peine de se retourner. Il se dit que s'il l'ignore, elle partira peut-être.

— Je vous ai posé une question...

— Sauf votre respect, vous n'avez rien à faire ici. Personne n'entre dans cette cuisine à part moi et mon *lehrbüa*. C'est mon espace, rétorque-t-il. Votre place est dehors.

— Je voulais juste vous proposer de l'aide. Le carnet de réservations est plein et...

Robert se tourne brusquement. Un poisson à la main, il le brandit comme un sabre.

— Qu'est-ce que vous n'avez pas compris dans ce que je viens de dire ? Non, c'est non ! *'Klemi noch a mol*[1] *!*

Maggie ne se laisse pas impressionner pour autant. Elle a pris l'habitude d'entendre Robert râler à tout-va.

— Vous savez que votre chien est plus aimable que vous ? le taquine-t-elle. Lui au moins apprécie ma compagnie.

— Je dois préparer mes truites ! peste-t-il.

— Laissez-moi vous aider, alors.

1. *Noch a mol* : encore une fois.

— Préparer les poissons n'est pas une activité pour les dames, répond-il tout en tirant sur les boyaux d'une truite.

— Dites donc, vous connaissez beaucoup de dames qui saliraient leurs souliers dans le fumier sans faire la grimace ? Alors, ce ne sont pas quelques boyaux qui vont me donner des haut-le-cœur !

— Ce n'est pas contre vous, je cuisine seul, et puis vous sapez ma concentration !

Maggie pose les mains sur ses hanches et fronce les sourcils.

— Vous croyez que les *fish and chips* se font tout seuls en Angleterre ?

— Maggie, je suis en train de retirer les intestins d'un poisson, je ne peux pas le faire correctement si vous me criez dessus ! D'autant plus que je suis en retard. Hassan a bien dix kilos de patates à éplucher et découper, et les clients attendent en terrasse… alors oust !

— Justement, si vous êtes débordé je suis votre homme !

— *'Klemi !* Fichez le camp d'ici ou je vous assomme avec une truite !

L'Anglaise lui tire la langue et s'empresse d'enfiler un tablier.

— Ma…

Elle le fait taire en saisissant un poisson qu'elle évide en un clin d'œil.

— Mon père adorait m'emmener à la pêche, j'ai toujours aimé vider les poissons, explique-t-elle tout en s'affairant.

Frappé d'étonnement, Robert l'observe sans piper mot.

— Pas très glamour comme aptitude, n'est-ce pas ? souligne-t-elle en riant.

Les joues de Robert sont en feu. Si cela était possible, il rougirait de la tête aux pieds. À sa manière de nettoyer les poissons, Maggie lui rappelle l'image d'une Indienne dans un roman d'aventures. Il avait passé de nombreuses nuits les yeux scotchés à ce dessin représentant une Sioux aux joues maculées de sang de poisson. Cette illustration lui avait semblé terriblement sensuelle et, pour la première fois, le jeune garçon avait ressenti un faible tressaillement de désir.

— Votre poisson va vous filer entre les doigts, constate-t-elle.

Robert sursaute vivement, faisant bondir le poisson qui plonge la tête dans l'évier.

— Si vous arrêtiez de m'embêter, cela n'arriverait pas, grommelle-t-il en saisissant la truite visqueuse.

— Vous le teniez beaucoup trop fort, commente Maggie. Et vous continuez !

Elle lui adresse un clin d'œil tout à fait charmant avant de soulever les doigts de Robert afin qu'il relâche légèrement sa prise.

— Soyez plus doux. Les chairs du poisson doivent rester fermes et tendres. En le tenant trop fort vous risquez de le faire glisser et de maltraiter ses filets.

Les joues de Robert sont si rouges qu'il ne peut les dissimuler sous son énorme moustache.

La douceur et le calme de Maggie le mettent sens dessus dessous. Jusqu'ici il n'avait jamais ressenti une telle émotion, une connivence aussi tendre et sincère avec une personne du sexe opposé.

Sa bouche lui semble très sèche tout à coup. Maggie n'a pas retiré sa main de la sienne et sa chaleur ravive son émoi. Un silence d'église règne dans la cuisine. L'Anglaise observe le fermier de son œil vif et mutin, cherchant un sourire au coin de sa lèvre qui vibre nerveusement.

— Merci pour le conseil, parvient-il à articuler.

— Il n'y a pas de quoi. Je crois que, de nous deux, la personne la plus avisée pour en donner, c'est vous.

— Et d'où tenez-vous une telle idée ?

— J'ai vu la façon dont vous traitiez vos bêtes et vos légumes. Vous savez que vous feriez un excellent professeur d'écologie ?

— Moi ? Prof ? s'étonne Robert qui rince les poissons.

— Oui, vous. À Londres, je suis employée pour un magazine *feel good*, en gros je fais des reportages sur les nouvelles pratiques bonnes pour nous et pour la planète. Fatima m'a conseillé de venir ici pour me changer les idées, mais je crois tenir un excellent sujet pour mon retour.

Concentré à lever les filets, le fermier solitaire fait mine de ne rien entendre. Minutieux et attentif, il les caresse de la paume afin de vérifier qu'il ne reste aucune arête. Dès qu'il en rencontre une, il la retire tout en douceur à l'aide d'une pince à épiler. Ce travail long et délicat le coupe de la réalité et ne fait qu'accroître l'admiration de Maggie.

Hassan, qui s'est glissé au fond de la cuisine pour éplucher les patates, les observe en silence. Un léger rictus en coin, il s'amuse de voir Maggie gesticuler pour attirer l'attention de Robert qui prépare sa pâte à beignets. Aujourd'hui, à défaut de carpes frites, les clients auront des truites. Robert en salive d'avance et oublie presque l'Anglaise.

— Hassan, chauffe les friteuses s'il te plaît, demande-t-il au jeune commis, qui vient de lui apporter trois énormes saladiers débordant de pommes de terre taillées en bâtonnets.

L'adolescent les dépose et va embrasser Maggie qui le gratifie d'un large sourire.

— Il est très fort pour faire l'autruche, le patron, lui glisse-t-elle à l'oreille.

— Oh, pour ça, il excelle. N'insistez pas et revenez lui parler plus tard. Tant qu'il cuisinera il ne vous écoutera pas.

— Excellent conseil, je...

— Chut ! grommelle Robert qui tend l'oreille au-dessus de la poêle. Taisez-vous un peu tous les deux, que j'entende l'huile chanter !

Maggie fait mine de sortir de la cuisine et reste un instant dissimulée derrière la grande porte à battants. Tout sourire, elle observe Robert qui enrobe ses filets avant de les plonger dans l'huile. La douce chanson de la friture s'élève, lui rappelant la magie des soirées passées avec son père au retour de la pêche. Robert est un magicien. Bien malgré lui, il parvient à raviver la nostalgie de ses jeunes années passées dans le Yorkshire.

Trop prise par son travail, Maggie en avait oublié le goût des choses essentielles. À force de parcourir le monde pour donner à ses lecteurs l'envie de profiter des plaisirs simples, elle en est devenue spectatrice. Avec Robert, tout est différent. Elle se sent vivante, réchauffée par la flamme de ses souvenirs. La petite fille qui aimait s'asseoir sur le plan de travail pour croquer dans les *fish and chips* de son papa est charmée par le pouvoir du fermier.

Chamboulée, elle tourne les talons. Un calepin à la main, elle monte les escaliers à toute allure. D'ici deux petites heures, quand Robert sera calmé, elle viendra lui parler du projet qui germe en elle depuis leur discussion dans l'étable.

Et le temps passe vite quand on est accaparé comme Robert. Les truites frites aussitôt servies, le fermier devenu aubergiste malgré lui se retrouve dans sa cuisine, un sourire satisfait aux lèvres. Au dîner, les clients l'ont complimenté sur la qualité de ses mets. Les beignets avaient le goût nostalgique d'un week-end à la pêche et de baignades en rivière. Entendre les gens attablés n'a fait qu'accroître la joie de Robert, qui est resté un long moment caché derrière la porte de la salle à la manger pour profiter des conversations.

Satisfait, le fermier prend une assiette qu'il agrémente d'une grosse tranche de pain, de munster et de carvi. Ce soir, l'envie de rejoindre

Fatima et Hassan est plus pressante que d'habitude. Un drôle d'air musical lui chatouille les oreilles et lui intime de sortir.

Rouge comme une pivoine, Robert marche dans la pénombre et se laisse guider par les notes d'une chanson qu'il adore. Assise sur la terrasse, Maggie joue tranquillement de la guitare. « Imagine » de John Lennon plane sur l'auberge.

Robert pourrait presque voir les paupières de la maison se fermer, envoûtées par la jolie voix de l'Anglaise. *Mince alors, elle sait chanter quand elle veut !* pense-t-il en souriant tendrement.

Apaisé, le fermier prend place sur une chaise en rotin à côté d'Hassan et Fatima qui bouquinent tranquillement. Tout est calme en cette soirée d'été. Les touristes sont assis et profitent de la tiédeur du soir pour boire une tisane concoctée par Elsa.

Robert n'aurait jamais pensé qu'il apprécierait d'être entouré par autant de personnes. Il doit tout de même se l'avouer, il aime entendre les bribes de phrases en langues étrangères. L'intonation exaltée d'une Chinoise heureuse de déguster un bon verre de pinot avec une tarte aux quetsches suffit à lui donner le sourire.

— Bonsoir, Robert, amorce timidement Maggie.

Le fermier la salue d'un hochement de tête avant de siroter son verre de vin blanc.

— Vous avez une minute à me consacrer ?

— Vous avez de la chance. Le munster est un fromage qui aime avoir de la compagnie, mangez-en un bout avec moi.

Le visage de Maggie est radieux. Elle prend une chaise et s'installe à côté de lui. Robert baisse les yeux, troublé par les petites fossettes de l'Anglaise.

— Trempez-le dans le carvi avant, cela coupe le « feu » du fromage et vous ensorcelle les papilles, conseille-t-il alors qu'elle s'apprête à mordre dans une portion.

— J'ai le goût du risque, monsieur Walch. Je le mangerai nature.

Robert ne sait plus où se mettre. Sans sourciller, l'Anglaise déguste le fromage en se léchant le bout des doigts.

— Vous avez l'air de penser que toutes les femmes sont en cristal. J'ai été élevée à la campagne. Chez nous, on mangeait de la saucisse et des œufs au petit déjeuner, ça met du plomb dans l'estomac !

Le sourire de Maggie est contagieux. Robert aime sa façon de grignoter un quignon de pain tout en tapotant la surface de son assiette pour récupérer des miettes de fromage. Sans gêne, elle picore son casse-croûte tout en lui contant des épisodes de son enfance.

— Mon père était quelqu'un de simple, mais il voulait que je fasse des études. Quand je suis entrée dans une école de journalisme, il est venu me voir à Londres avec un panier rempli de bocaux de *stew* et des kilos de pudding ! Il avait peur que je ne mange pas convenablement dans une grande ville.

La nostalgie la fait presque pleurer. Robert doit se retenir de lui poser la main sur la joue.

— C'est quoi du « stiou » ?

— Le *stew* ? Il s'agit d'un pot-au-feu d'agneau. Vous devriez venir passer un week-end dans le Yorkshire ! Je suis sûre que cela vous rappellera la maisonnette de votre enfance. Vous pourriez manger dans notre cottage, et maman vous cuisinera un bon ragoût ! Elle va sur ses soixante-quinze ans, et elle sait toujours aussi bien faire mijoter la viande.

— C'est en ville ?

— Oh non ! En pleine campagne, à des kilomètres de Londres. Vous verrez, cet endroit est tout bonnement fabuleux. J'y ai vécu toute mon enfance, et depuis le décès de papa, maman y vit avec ma tante et ma grand-mère maternelle. Vraiment, vous vous y plairez. Il n'y a que des champs à perte de vue, et puis la maison est simple et chaleureuse, typiquement anglaise. Je suis certaine que maman adorerait cuisiner pour vous.

— Si la maison se trouve dans la nature... Pourquoi pas, murmure Robert sans s'en rendre compte.

Hassan et Fatima se tournent brusquement vers lui. Silencieux jusqu'ici, ils n'ont rien raté de la conversation.

— Vous seriez prêt à partir quelques jours ? s'étonne Fatima.

Robert ne sait plus quoi faire. Ça lui fait mal dans la poitrine tant son cœur s'emballe. Mince ! Fichue Anglaise ! Encore une fois, elle est parvenue à tout lui mettre sens dessus dessous.

— On verra, finit-il par dire. Je... J'ai parlé un peu vite.

Maggie arque un sourcil.

— Avouez-le, vous avez imaginé le cottage de mes parents pendant une minute. Vous avez certainement pensé qu'il devait être agréable d'y entrer par un jour de pluie, de s'installer près de la cheminée en délassant vos pieds sur le tapis en poils de mouton.

Un petit rictus naît au coin de la lèvre de Robert. Cette fois, l'Anglaise a gagné, il est emporté par l'évocation du lieu et l'envie d'en savoir plus l'envahit.

— J'imagine que votre maman doit préparer le thé mieux que personne, dit-il.

— Vous pensez bien. Elle sait comment doser le lait et le sucre... une vraie magicienne ! Et si vous croquez dans un de ses scones, vous allez direct au paradis !

Il hoche doucement la tête, s'abreuvant des paroles de Maggie.

— Peut-être viendrai-je un jour, quand j'aurai le courage de partir. Je suis tellement attaché à ma ferme... Vous me comprenez, pas vrai ? Quand vous avez quitté votre famille, vous deviez être effondrée.

— Non, Robert, parce que je savais que j'allais découvrir d'autres choses. On garde en soi le souvenir de sa maison d'enfance, elle ne nous quitte pas quand on voyage et que l'on se sent seul. La magie de la nostalgie, c'est qu'elle ne meurt jamais. Alors j'ai parcouru le monde, j'ai rencontré des centaines de personnes, je me suis habituée à des cultures qui m'ont enrichie. Tout cela, je n'aurais pas pu le vivre si j'étais restée chez moi.

— Vous tentez de me faire sortir d'ici, n'est-ce pas ?

— Pas encore, susurre-t-elle sur un ton mystérieux.

Tout le monde retient son souffle. Fatima et Hassan, qui connaissent le projet de Maggie, croisent les doigts avec ferveur.

— Je pensais plutôt à emporter votre « monde » avec moi.

— J'ai du mal à vous suivre, Maggie, je ne vois pas de quoi vous voulez parler.

— Mon cher Robert, dit-elle en lui prenant la main. Ignorez-vous que vous êtes un modèle ? J'aimerais tant faire un article sur votre auberge ! Votre sœur m'a déjà donné son accord, mais c'est le vôtre qui compte le plus, car mon article parlera de votre façon de vivre et de respecter la nature.

Robert n'a pas le temps de dire un mot qu'Hassan se lève pour prendre le relais.

— Elle ne vous photographiera pas et ne fera pas d'interview ! Vous devriez accepter de donner des cours aux touristes, de leur transmettre votre amour de la terre comme vous l'avez fait pour moi.

— Ah, je vois que tu es de mèche, constate Robert en triturant sa moustache. C'est quoi cette histoire de « cours », vous ne voulez tout de même pas que je joue au prof de botanique ?

Maggie, Hassan et Fatima sourient de plus belle en hochant la tête. Il ne manquerait plus qu'ils tirent la langue pour qu'on les prenne pour ces petits chiens en plastique couchés sur la plage arrière !

— Arrêtez de me regarder comme ça ! Vous m'empêchez de réfléchir ! se plaint l'Alsacien. Ce n'est pas une décision à prendre à la légère. Vous savez, mes légumes n'aiment pas le dérangement...

— Avec de nouveaux élèves, ils auront encore plus d'amour ! intervient Hassan.

— Ils seront choyés, complète Fatima. Imaginez, de la tendresse, de la douceur en plus pour chaque légume. Ils sont déjà si délicieux grâce à vos propres soins...

— Imaginez que la vague d'amour que vous transmettrez à vos élèves déferle à travers le monde grâce à mon article, continue Maggie. Les légumes, les plantes, les fleurs et les animaux toute...

Robert lève la main pour l'interrompre.

— Ce n'est pas la peine de me faire de longs discours. Je ne vais pas sauver la planète.

— Ne soyez pas pessimiste.

— Je suis réaliste. Les clients sont juste curieux. Ils vont venir ici, se remplir la panse et, en rentrant chez eux, ils pourront raconter combien ils ont pu rire du péquenot moustachu qui leur servait de guide !

— Oh, pour ça ! Oui, ils vont manger, et si vous continuez à être si bougon, il est certain qu'ils se moqueront de vous !

— L'affaire est donc close, vous comprenez que je ne peux lutter contre ma nature.

Maggie lui prend doucement la main et la porte à sa joue. Troublé, le fermier baisse les yeux.

— Une personne qui respecte ses légumes bien plus que les êtres humains ne peut qu'avoir bon cœur. Ne vous cachez pas sous une carapace, les gens aiment les individus comme vous.

— Mon expérience m'a pourtant montré le contraire. Quand j'étais gosse...

— Les enfants sont durs envers ceux qui sont différents, coupe-t-elle. Vous êtes un adulte, maintenant, et beaucoup d'adultes aimeraient voir le monde à votre manière. Cessez d'être trop dur envers vous-même. Tentez le coup, Robert, cela vous fera beaucoup de bien.

— Dites-moi, que gagnerai-je à transmettre mon savoir à de parfaits inconnus ? Je n'y vois que des inconvénients. Je vais devoir les garder à l'œil pour éviter qu'ils ne fassent pas souffrir mes légumes, sans compter le temps perdu, et pire encore ! Il va falloir que je parle avec eux...

— Pourtant vous êtes en train de discuter avec nous, dit doucement Maggie.

Robert réprime un léger frisson. Il a la chair de poule.

— Ce n'est pas pareil. Nous avons eu le temps de sympathiser.

— Je suis certaine que vous n'aviez pas envie de « sympathiser » avec moi quand je suis arrivée, dit-elle en appuyant sur les mots. Toutefois, nous avons appris à nous connaître et il est évident que nous pourrions gagner à passer du temps ensemble. En tout cas, moi, j'apprécie votre compagnie. Votre façon de vivre tranche avec la mienne. J'oublie les responsabilités et je me concentre de nouveau sur les petits riens qui m'enthousiasmaient quand j'étais enfant...

Robert fait la moue. Il aimerait rétorquer quelque chose, sauf que les confidences de Maggie le touchent sincèrement.

— Entre nous, ma compagnie vous gêne-t-elle ? Préféreriez-vous que je parte ?

Quelques gouttes de sueur perlent au front du fermier. L'angoisse le saisit à la gorge. Lui qui a toujours voulu rester seul, le voici incapable de faire un choix. Bien sûr, en laissant Maggie partir, il pourrait retrouver ses marques ; sauf qu'il est obligé d'admettre qu'il apprécie son dynamisme et sa bonne humeur. Elle a su apporter la folie de la ville à la ferme, la musique et les rires, autant de choses qui lui manquaient inconsciemment.

— Les touristes ne sont pas tous comme vous, tranche-t-il pour revenir à la réalité. Vous voulez que je leur apprenne à jardiner, sauf que ce n'est pas quelque chose à prendre à la légère. Ils vont considérer ça comme une simple activité, un de ces loisirs pour bobos en quête de nouvelles sensations. Ils m'écouteront parce qu'ils voudront crâner quand ils rentreront chez eux, et aussitôt dans leurs belles maisons, ils oublieront mon enseignement.

— Vous négligez vraiment votre passion en parlant ainsi. Votre façon de traiter les légumes est unique, croyez-moi, les gens ne l'oublieront pas. Les cours vous apporteront justement la confiance qui vous manque pour porter haut les valeurs de votre jardinage.

Robert ne peut s'empêcher de gonfler le torse. Mince ! Le fermier ressentirait presque de la fierté. L'Anglaise sait comment lui parler. Elle a compris qu'il aimait profondément son jardin. Cependant, elle lui a aussi ouvert les yeux sur un point auquel il n'avait jamais pensé jusqu'ici. Il est fier de ce qu'il fait. S'il ne l'était pas, il ne ressentirait aucune joie à cuisiner ses légumes et à les faire déguster à ses clients. Cet esprit de partage lui a toujours plu. Même s'il vit en retrait, il aime savoir que les gens se régalent avec ses plats. Que faire ? Accepter l'offre de Maggie et prendre le temps de montrer à ces touristes le secret de sa cuisine ? Robert se dit que les légumes seraient d'autant plus respectés avant d'être dévorés, et il ne peut repousser l'allégresse que cela lui procure. S'il n'aime pas les touristes, c'est bien parce qu'il les considère comme des ventres sur pattes incapables de sympathie envers les habitants de son potager. Depuis toujours, Robert s'énerve contre les clients qui ne prennent pas le temps de savourer sa cuisine ; or, en leur apprenant la façon dont il traite ses légumes, il se pourrait bien que les citadins les respectent. Adieu les avaleurs de tomates cerises et les croqueurs de carottes ! Adieu les cauchemars récurrents où il se voit en train de courir après un car de touristes ayant renversé une pinte de bière dans sa choucroute.

Une main sur le menton, le fermier triture lentement ses moustaches en jaugeant le pour et le contre. Le pour commence à peser dans la balance, car Robert est comme un père avec ses légumes, et il est prêt à de nombreuses concessions quand il s'agit de leur bien-être. Et son confort à lui, qu'en adviendra-t-il ? Passer du temps avec des touristes ne le met pas particulièrement en joie, surtout qu'il craint de ne pas être à la hauteur et d'attirer leurs railleries.

— Pensez-vous être capable d'enseigner ? lui propose à nouveau Maggie. Vous avez su le faire pour Hassan...

— Je l'ai fait parce que je suis à l'aise avec lui, avoue Robert. Il est vrai que nous avons passé de bons moments, mais je ne suis pas le type d'homme à aller vers les autres... il faut qu'il y ait un « truc », un « déclic » pour que je passe du temps avec quelqu'un.

— Chic ! Je suis un privilégié ! s'exclame joyeusement Hassan.

Sa mère lève la main pour lui intimer le silence. Il est clair que Robert est en train de prendre une lourde décision et qu'il ne doit pas être dérangé.

— Même si votre proposition est intéressante, je ne suis pas sûr de pouvoir m'engager. Je n'arriverai pas à gérer trop d'individus à la fois, ni à leur parler... je suis tout sauf loquace. Ils vont s'ennuyer. Ce sont des citadins, nous n'avons rien en commun.

— On ne vous demande pas de créer une amitié avec eux ni de les amuser. Mais de leur transmettre un savoir. Vous m'avez demandé ce que vous y gagnerez. Pensez à la satisfaction que vous ressentirez en voyant ces gens partir d'ici la tête remplie de bonnes intentions envers la nature. Croyez-moi, ils ne bafoueront pas votre travail, et de mon côté, je me porte garante pour mettre en valeur toutes les qualités de ce « métier ».

— Et comment vous y prendrez-vous ?

— En rédigeant un article sur l'art de savoir communiquer avec son potager. Vos légumes vivront leur heure de gloire. Les gens doivent apprendre à les choyer avant de les cuisiner, ce n'est pas ce que vous faites chaque jour ?

Les yeux de Maggie brillent à la lueur des lanternes. Le fermier ne peut se défaire de ce regard doux et tendre à la fois. Le pouvoir de persuasion de l'Anglaise est plus fort que toutes les remontrances d'Elsa. Quelque chose en elle inspire la confiance. Alors, sans la quitter des yeux, sous les étoiles qui se penchent pour écouter leurs confidences, Robert fait une promesse.

Lovées dans le satin noir de la nuit, les étoiles observent le fermier. On dit qu'il faut faire un souhait quand une de ces coquines se fait la malle pour filer vers la Terre, mais ce soir, les rôles sont inversés. Les étoiles restent bien nichées dans la voûte céleste et font un vœu commun pour apaiser l'âme de leur ami au cœur si fragile.

13

Leçons de botanique appliquée

La petite « classe » de botanique s'est installée aux abords du potager. Elle se compose de douze élèves, tous venus de divers pays d'Europe et d'Asie. Angoissé comme ce n'est pas permis, Robert garde les mains enfoncées dans les poches et ose à peine se tourner vers les touristes qui savourent le petit déjeuner sur l'herbe qui leur a été servi par Maggie et Elsa.

Encore une idée de Maggie, évidemment. Cette dernière a passé des heures à cuisiner avec Robert dans la lumière douce et tamisée de l'aube. Les mains dans la farine, Robert est resté concentré sur la composition de son strudel aux pommes afin de ne pas fixer la rouquine aux yeux de feu.

À présent, les strudels ont été dévorés et les touristes sirotent tranquillement un bon thé à la menthe du jardin. Tout le monde a répondu présent à l'appel. Elsa se charge du confort de ses clients en leur proposant sucre et œufs de cigogne[1], tandis que Fatima et Hassan plantent des petits drapeaux de couleur rouge et bleue près du potager afin de répartir les groupes.

Debout près du fermier, Maggie prend des photos de groupe afin d'immortaliser le moment pour son magazine.

Robert est tenté de prendre la poudre d'escampette tant il est angoissé. Il se dit qu'il a commis une grossière erreur en acceptant le deal de Maggie. D'ailleurs, il a eu du mal à fermer l'œil la nuit dernière car il cogitait à l'idée de donner sa première leçon. Cela fait pourtant deux jours qu'il s'y prépare. Il a choisi par avance les légumes qu'il va présenter, et il a pris le temps d'expliquer la situation aux tomates et à la rhubarbe. Elles ont été un peu surprises, mais elles ont vite été attirées par la promesse de tendres discussions avec des personnes venues de nouveaux horizons. Les tomates aiment qu'on les fasse voyager et rêver, un bon point quand il s'agit de faire des rencontres. Néanmoins, Robert commence à douter du réel intérêt de sa reconversion. Ses élèves n'ont pas le physique de l'emploi. Ils sont trop nets, trop propres, trop souriants, en gros trop citadins pour s'immerger dans son univers.

— Tonton *Kopftomi* !

Robert, qui était absorbé dans ses pensées, tombe presque à la renverse sous le poids de Davy et Croquette qui lui sautent au cou pour

1. Dragée fourrée au chocolat en forme d'œuf de cigogne.

lui pincer les moustaches. Pris au dépourvu, le quinquagénaire se laisse embrasser avant de poser les enfants.

— Tonton, on peut faire la classe avec toi ? demande Charlotte.

— Dis oui ! Dis oui ! supplie David.

Robert passe une main calleuse sur ses joues mal rasées. Tous les yeux sont rivés sur lui ainsi que sur les bambins, qui trépignent d'impatience.

— Vous allez vous ennuyer, mes *fuchsala*, vous connaissez déjà tout ce qu'il faut savoir sur la façon de chouchouter les légumes.

— Pardi ! Tu nous as tout appris, tonton ! s'exclame joyeusement Charlotte.

— Alors on s'est dit qu'on pourrait jouer à la police des tomates ! suggère David.

— Et à quoi servirait cette police ?

David fait signe à son oncle de se baisser pour lui chuchoter un secret. Robert joue le jeu, car en fait, il commence à se dire que les marmots pourraient lui être utiles.

— On sera là pour gronder ceux qui ne savent pas cueillir une tomate sans l'écrabouiller, murmure-t-il à son oreille.

— Et donner des pichenettes aux maladroits qui auraient la mauvaise idée de ne pas saluer et faire la bise aux marmandes. Car elles en ont un grand comme ça ! illustre Charlotte en ouvrant les bras.

— Vous promettez d'être sages ? interroge Robert.

Les marmots font oui de la tête.

— De ne pas chahuter les touristes ?

Nouveau hochement avec un sourire entendu.

— *De chérir et respecter les tomates ?*

— *Jusqu'à ce que l'automne nous sépare !* complètent les jumeaux.

Robert sourit, fier comme un coq.

— Je vois que vous avez appris vos leçons, mes petits trappeurs.

— On a eu un super bon prof ! s'écrie la petite rouquine.

— Bien, alors installez-vous avec les autres élèves et tendez l'oreille.

Ravis, les jumeaux vont s'asseoir à côté d'un couple de Chinois qui prend des notes sur une tablette tactile.

Les mains sur les hanches, Robert jauge son auditoire en grinçant des dents.

— Une belle brochette de citadins, déplore-t-il. Qu'est-ce que je vais faire d'eux ? Ils ne doivent même pas différencier une courgette d'un concombre !

Maggie lui donne un petit coup de coude.

— Je vous signale que vous parlez tout haut, chuchote-t-elle.

— Eh bien qu'ils m'entendent ! S'ils veulent apprendre quelque chose, va falloir faire des efforts ! Non mais c'est quoi ces manières ! Ils portent tous des lunettes de soleil et des chapeaux ! Un légume, ça se traite comme un être humain. On se découvre devant lui et on le regarde dans les yeux.

Les clients réagissent aussitôt et enlèvent lunettes et couvre-chefs.

— Vous voyez, ils sont bien éduqués, rétorque Maggie.

— Ça ne m'empêchera pas de penser qu'un bonhomme de la ville ne saura jamais faire la causette aux betteraves et aux citrouilles.

— Justement, vous devez le leur apprendre. Vous m'avez fait une promesse, l'auriez-vous oubliée ?

— Les promesses sous les étoiles sont d'or, répond Robert. Je vais la tenir, évidemment. Toutefois, je ne vous garantis pas de garder mon sang-froid. Si l'un d'entre eux a le malheur de faire du mal à mon potager...

— On le zigouille ! menacent Charlotte et David qui n'ont rien raté de la conversation.

— Parfaitement, on en fera de la purée de citadins ! Un bon compost avec des Parigots passés à la moulinette ! Voilà ce que j'en ferai ! surenchérit Robert.

— Parigots têtes de veau ! Parisiens têtes de chien ! chantonnent les jumeaux.

Les Parisiens en question ne pipent mot. Elsa les avait prévenus. Le fermier n'aime pas les gens de la ville et encore moins ceux de la capitale.

— Monsieur Walch, il est vrai que nous ne sommes pas des flèches en jardinage, mais nous sommes ici pour apprendre, dit un Parisien aux lunettes rondes vissées sur un nez épaté.

— Bien, alors au boulot ! s'exclame Robert, et soyez attentifs car je ne me répéterai pas. Nous allons diviser la classe en deux groupes, le premier s'occupera de la rhubarbe, et l'autre des tomates.

Les touristes se séparent sans moufter, aussi docilement que des élèves lors d'une rentrée scolaire. Charlotte et David, qui sont restés avec les Chinois du groupe des rhubarbes, se penchent sur leur tablette tactile.

— Tonton, ces deux-là y comprennent rien du tout ! gronde David en pointant l'écran du doigt.

Robert fronce les sourcils. Le petit a raison.

— *Hopla geiss*[1] *!* Réquisitionnez tous les écrans !

— C'est comme si c'était fait ! s'exclament les jumeaux en récupérant chaque téléphone.

Les touristes, visiblement gênés d'avoir commis un faux pas, se font silencieux et fixent Robert avec attention.

— Vous êtes ici pour vous connecter avec la nature, alors dites adieu à votre fichue technologie !

Aucune réaction. Robert fait la moue. Il pensait provoquer l'indignation, sauf que personne ne semble gêné par son initiative. Lui qui voulait passer pour un tyran pour saborder le plan de Maggie, c'est fichu.

— Déçu ? demande Maggie.

— Surpris. Je pensais qu'ils auraient plus de mal à se débarrasser de tout ça.

— Ils sont ici pour apprendre. Ayez confiance en eux, ils feront de leur mieux.

Robert tord nerveusement les boucles de sa moustache. Il va lui falloir du courage pour

1. Littéralement « Saute, la chèvre ! », employé pour dire : « Allez les gars. »

parler à tous ces inconnus. Toutefois, il n'a qu'à jeter un œil aux jumeaux pour voir qu'ils ont pris les choses en main. Avant même qu'il ne donne les premiers conseils, voilà les trappeurs qui saisissent les gants de jardinage des touristes et les font valdinguer sur la pelouse.

— *Nix*[1] gants ! disent-ils en chœur. Les légumes, ça se touche avec les mains, c'est caramel !

Les élèves haussent les sourcils d'incompréhension.

— C'est « charnel », corrige Robert.

Alliant le geste à la parole, il s'agenouille devant une tomate avant de l'entourer de la paume.

— Quand vous saisissez une tomate, imaginez que vous tenez un nouveau-né au creux de votre main. L'aspect « charnel » est ce peau à peau que l'on doit créer entre l'homme et ce que la terre lui offre. Il faut que le fruit se sente en sécurité, aussi chaudement bercé que par les rayons du soleil.

Un vague murmure traverse les groupes d'élèves. Fascinés, ils observent les grandes mains solides du fermier. Le contraste entre ses paluches poilues et la fragilité des tomates cerises est stupéfiant. Agissant comme si les fruits étaient en verre, il caresse délicatement la grappe avant de pincer la coiffe d'une petite tomate.

---

1. Négation souvent utilisée en Alsace.

— Il faut retirer le chapeau de ces demoiselles tout en douceur pour ne pas les décoiffer. Sinon, elles vous crachent à la figure et perdent tout leur jus.

Attentif, le groupe reste suspendu aux lèvres de Robert. Ce dernier esquisse un rictus. Voir autant de personnes se passionner pour la cueillette de ses légumes le réjouit. Et cela se remarque comme le nez au milieu du visage. Maggie en profite pour donner une tape amicale à Elsa.

— Je te l'avais bien dit, chuchote-t-elle du bout des lèvres.

Elsa, voyant que Robert néglige le deuxième groupe, interpelle le professeur :

— Robbie, les rhubarbes t'attendent !

Robert se redresse, la mine renfrognée, les yeux jetant des éclairs sur sa sœur.

— Règle numéro un, ici on parle doucement, on chuchote à l'oreille des légumes, rappelle-t-il en levant le doigt en l'air. Et on ne parle qu'aux légumes ! Que chacun prenne un panier et cueille le maximum de tomates mûres. Ne prenez que les plus rouges. Si j'en vois un cueillir une orange ou une...

— On le zigouille ! menacent les jumeaux en bombant le torse.

Rassuré par la présence de la police des tomates, Robert s'apprête à rejoindre Hassan, occupé à faire passer le temps au groupe des rhubarbes, lorsqu'un Suisse l'interpelle.

— Attendez, vous n'allez pas nous laisser comme ça avec vos légumes ? Qu'est-ce que vous voulez qu'on leur raconte ? C'est totalement absurde !

Robert serre les poings. L'envie de soulever le *dottel*[1] au look de petit chimiste lui démange les phalanges. Pour peu, il se sentirait l'âme d'un Obélix bien décidé à donner une série de bonnes baffes.

— Votre mère ne vous a pas appris la politesse ? rétorque-t-il sèchement.

Le visage du Suisse se fend d'un sourire un peu narquois.

— Excusez-moi, monsieur Walch, mais que doit-on raconter à votre potager ?

Les joues en feu, Robert prend une grosse inspiration pour se contenir. Surtout ne pas hurler, cela ferait pleurer les rhubarbes. Elles sont trop sensibles et en deviendraient encore plus acides.

— Ce n'est pas à moi qu'il faut faire la politesse, dit-il calmement. Votre maman a certainement dû vous apprendre à dire bonjour aux amis de la famille et à leur souhaiter une belle journée. Commencez donc par saluer les tomates et leur demander si elles profitent bien du soleil. Vous verrez, elles sont bien plus bavardes quand on leur parle respectueusement…

Troublé, le Suisse rejoint les autres membres du groupe, qui ont attentivement écouté les conseils de Robert. Très vite, ils s'installent près des tomates pour leur faire la discussion. Celles-ci en sont très heureuses, et les plus

1. *Dottel* (prononcé « totel ») : imbécile, cornichon.

téméraires glissent même de leur grappe pour s'approcher des visiteurs.

Satisfait, Robert retrouve Hassan. Assis en tailleur, trois couples observent l'adolescent qui leur montre comment couper les tiges.

— La rhubarbe doit être traitée telle une femme à qui l'on propose une valse, dit le jeune homme en posant un genou à terre. Vous voyez, il faut toujours se baisser pour faire un baise-main.

Fier de son élève, Robert ne pipe mot ; toutefois, son regard ému en dit long sur ce qu'il éprouve pour l'adolescent.

— Une fois que vous avez invité le pétiole à danser, vous devez attendre qu'il accepte, insiste-t-il. Puis, il suffit de tirer dessus de la même façon que si vous souhaitiez porter une femme à bout de bras. Votre geste doit être rapide, vif et efficace.

Coupée net, la queue de rhubarbe est posée sur un lit d'herbe fraîche.

— Les femmes se chargeront des pétioles, propose Robert. Quant aux hommes, vous couperez leurs feuilles pour les garder à part.

— Pourquoi doit-on les séparer ? demande un retraité allemand.

— Les feuilles sont toxiques, mais on peut les garder pour faire une décoction anti-pucerons. Vous pourrez en rapporter chez vous pour protéger vos rosiers, suggère Robert.

Tout sourire, les touristes se mettent en action. Heureux d'apprendre les astuces du fermier, ils s'activent et parlent aux légumes le plus doucement possible.

Son appareil photo à la main, Maggie immortalise les gestes des élèves. Baignant dans la lumière du matin, ils remplissent leur panier en prenant conscience de la fragilité de chaque pétiole de rhubarbe et de chaque tomate.

Un bâton de réglisse entre les lèvres, Robert passe d'un groupe à l'autre. Lui qui se pensait incapable de laisser ses légumes à des inconnus, il découvre peu à peu qu'il peut les guider. Il prend même son rôle au sérieux. Le grincheux a cédé sa place au professeur, attentif et aimable.

— Soyez plus délicate, chuchote Robert à l'oreille d'une Belge aussi petite que mignonne. Les tomates n'apprécient pas qu'on leur crêpe le chignon.

— Le « chignon » ? demande-t-elle perplexe.

Robert enveloppe la tomate de la paume de sa main avant d'en retirer la coiffe d'un geste souple et tendre.

— Lorsque vous allez chez le coiffeur, personne ne vous tire les cheveux ? Alors pensez-y. Les tomates réclament de la délicatesse et de l'amour.

La trentenaire lui sourit tendrement. Partir en vacances pour découvrir les joies du jardinage, elle ne s'y attendait pas du tout ! Mais Robert est bien plus surpris que ses élèves. Le contact avec de parfaits étrangers adoucit son caractère et l'aide à communiquer. Les voir s'occuper de son potager lui insuffle une dose d'espoir. Il a envie de croire en eux, de pouvoir leur parler sans crainte d'être jugé. D'ailleurs, personne ne le regarde de travers. Aujourd'hui, il se fond dans la masse car les touristes l'imitent et le comprennent. Sa différence le rapproche des autres, et cette communion aussi agréable qu'inattendue le rend profondément heureux. Un bonheur qu'il doit à la journaliste qui l'observe du coin de l'œil.

14

Les fermiers ont besoin de douceur

— Hors de question que je porte ce truc !

— Chut, Robbie, les clients vont t'entendre, le sermonne Elsa.

— Je m'en fiche ! Ils n'ont qu'à savoir que tu veux m'habiller comme un clown !

Elsa lui adresse un sourire avant de poser le costume trois pièces près du piano de cuisine.

— Si tu laisses ce machin ici, j'en fais des torchons à vaisselle !

— Essaye-le, au moins. On a une grande réception ce soir pour fêter l'arrivée de notre troisième car de touristes-botanistes, tu devrais te mettre sur ton trente-et-un.

Robert finit par prendre le cintre et l'accrocher au fond de la cuisine sur une tringle en compagnie des lards fumés.

— Tu vas sentir le cochon !

— Parfait, comme ça, Calimero me suivra toute la soirée. Avec ce pot de colle dans les pattes, personne n'osera m'accoster !

— Robbie ! Tu m'exaspères ! gronde Elsa. Depuis presque quinze jours, tu passes les trois quarts de ton temps avec les clients à leur montrer comment s'occuper d'un potager, et tu n'es même pas capable de les accompagner lors d'une soirée ?

— Si tu penses que je vais leur faire la conversation, tu te fourres le doigt dans l'œil, ma vieille ! Et jusqu'au coude !

— Les gens adorent t'écouter évoquer ton travail, tu peux être sûr qu'ils seront adorables.

— Sauf que JE ne veux pas LES écouter ! Je me fiche totalement de leurs histoires ! Pas plus tard que ce matin, j'ai renvoyé de mon cours une Suissesse qui parlait de crème antirides. Ces gens qui donnent tant d'importance aux apparences, ça me défrise ! Comment pourraient-ils apprécier une tomate avec des excroissances ou une carotte à deux jambes s'ils sont incapables d'aimer leurs propres imperfections ? fulmine le fermier, qui finit par lui tourner le dos.

— Tu sais, tous les gens de la ville ne sont pas superficiels. Si tu prenais le temps de leur parler, tu saurais que la plupart viennent ici parce qu'ils ont besoin du grand air pour se ressourcer. Allez, mon Robbie, tu as déjà fait un pas de géant en jouant au professeur. Tu peux aussi passer une soirée avec tes élèves.

Au fond, Elsa n'a pas tort. Il s'est habitué à être au contact d'autres personnes, alors une petite soirée ne devrait pas lui faire de mal. Sauf que Robert n'a plus dansé depuis des années, et qu'il est mort de trouille à l'idée de devoir faire valser la pétillante Anglaise qui a prolongé son séjour d'une semaine.

Elsa lui pose une main sur l'épaule et, avant de l'enlacer, lui dit :

— Tu n'as pas à avoir peur. Les gens te trouvent même sympathique. Alors, ne crains rien, la soirée se déroulera à merveille.

Robert en a gros sur la patate. S'imaginer dans un costard trois pièces ne le réjouit pas du tout. Autant demander à un pingouin de le remplacer, car c'est de quoi il aura l'air s'il accepte de s'endimancher.

— Porter ce costume, ce n'est pas moi, dit-il en se tournant vers sa sœur. Quand je suis avec mes « élèves », je ne me cache pas derrière de beaux habits. Ils me voient tel que je suis. J'aurais l'air ridicule...

— Tu seras magnifique, mon Robbie !

— N'insiste pas. Si je porte ces habits, je vais devoir me comporter d'une manière qui me mettra mal à l'aise.

Elsa fait la moue.

— Tu ne m'auras pas avec tes yeux de merlan frit. J'ai pris beaucoup sur moi ces derniers temps, ne mets pas la charrue avant les bœufs. Je ne me sens pas capable d'aller vers des gens que je ne connais pas, et encore moins quand ils viennent de la ville.

Compréhensive, Elsa reprend le costume. Elle a les larmes aux yeux. Pendant un instant, elle avait espéré que son frère aurait eu le courage de dépasser sa peur de la foule, mais il est évident que Robert n'est pas prêt à s'ouvrir davantage.

— Hassan est allé récupérer des lardons et de la crème chez le voisin, ce soir vous ferez des *flammekueche* au feu de bois. Les fours extérieurs ont été brossés et lavés pour l'occasion.

— Comme ça, je serai obligé de participer à ta soirée, pas vrai ?

— Tu pourras au moins profiter du beau temps, au lieu de rester enfermé dans ta cuisine, rétorque-t-elle en tournant les talons.

Robert ne la regarde pas partir. Il a du pain sur la planche, et c'est le cas de le dire ! Il va lui falloir beaucoup de temps pour confectionner la pâte levée qui sert de base à ses tartes flambées. N'importe quel cuisinier aurait été effrayé à l'idée de faire autant de préparations en si peu de temps. Mais pas Robert. Devoir rester en cuisine est un moyen incroyablement efficace de se couper du monde. Au moins, il n'aura pas à écouter les clients, ni à répondre à leurs innombrables questions. Ces moulins à paroles lui hérissent le poil. Non et non, Robert ne se sent pas capable de créer de vraies conversations avec les gens. Hormis lorsqu'il s'agit de légumes.

Les habitants du potager sont des êtres sincères, incapables de mentir ou de tromper leur ami bourru. Jamais il n'aura à complimenter un artichaut pour sa jolie robe. Un artichaut se pare de ses plus beaux atours chaque jour, sans vouloir plaire pour autant. Il ne connaît pas de légume aussi élégant et aussi humble à la fois. Et que dire des tomates ? Timides et casanières, elles vivent en grappes, serrées les unes aux autres, et rougissent dès qu'elles entendent la voix d'un étranger. Les tomates se traitent avec égard, un peu comme Robert, mais ça, peu de gens le savent.

Pour approcher Robert, il faut savoir le décrypter ou avoir un cœur de la même nature que le sien. Hassan en a un, ce qui les aide grandement.

Le jeune homme a rejoint Robert depuis de longues minutes et n'a pas dit un mot. Il n'est pas nécessaire de parler pour se comprendre. Voilà ce qui plaît le plus à notre ami fermier. Une simple connivence qui se passe de paroles. Quand Robert verse la farine dans l'immense jatte, Hassan sait qu'il doit préparer le levain. Parfois Robert murmure un *langsam* pour ralentir les ardeurs de l'apprenti, qui touille la levure à pain beaucoup trop vivement. Alors, il reprend le rythme sous le regard intense du fermier qui ne laisse pas de place à la moindre erreur.

Les autres apprentis se plaignaient de ce silence. Le peu de personnes ayant travaillé avec Robert finissaient soit par être renvoyées au bout d'une journée, soit par partir tout aussi vite de leur plein gré. Difficile d'entretenir une relation avec un fermier qui n'accepte pas que l'on fourre ses mains dans les sacs à farine, ou qui vous poursuit avec un *kocheleffel*[1] pour vous

1. Littéralement « cuillère à cuisiner » (prononcer « koralèfel »), utilisé pour désigner une cuillère en bois.

taper entre les épaules. Hassan aura eu la chance d'échapper à cela. Sa concentration et sa sensibilité lui ont permis de mieux comprendre le fermier. Au départ, le jeune homme s'activait de façon précipitée, ce qui agaçait vivement Robert qui le calmait en lui répétant *langsam* à longueur de journée. Ce *langsam,* Hassan se l'est approprié au point de devenir calme et concentré. Ce qui n'est pas sans déplaire à Robert.

— M'sieur Walch ? Je peux aller me changer ?

Robert lève à peine les yeux de la crème qu'il est en train de battre avec des œufs.

— Va dans la réserve, tu trouveras un tablier propre.

— Je parlais d'enfiler de beaux vêtements. Il est presque 19 heures. Elsa m'a dit que je pourrais participer à la fête…

Robert pousse un long soupir de mécontentement.

— Je vous promets que je serai de retour pour cuire les premières tartes, je ne vous oublie pas.

— *Hopla,* vas-y si ça peut te faire plaisir. Fais donc comme tout le monde ! Fais-toi beau pour pavaner !

Hassan fronce les sourcils. S'il ne connaissait pas Robert, il l'aurait remis à sa place. Sauf qu'il voit bien que derrière les mots durs se cache une vraie douleur. Lui-même l'a ressentie pendant des années. La peur de se montrer se dissimule souvent derrière une carapace de bougonnerie.

— On se retrouve tout à l'heure, m'sieur Walch. Vous en faites pas, je ne vous ferai pas faux bond.

Sauf que ce brave Hassan n'a pas pensé au succès de leurs délicieuses *flammekueche*, et que quelques heures plus tard, au lieu de rester près des fours, le jeune homme se retrouve à servir les clients les bras chargés de plateaux brûlants.

Robert est donc totalement seul, à la merci des curieux qui l'observent alors qu'il remue les braises de ses fours. Voilà déjà dix fois qu'il doit remettre un touriste à sa place. Ces abominables bavards vont et viennent pour lui demander comment ses merveilleuses tartes sont préparées. Une bonne tarte dans la figure, voilà ce que Robert aimerait leur mettre pour qu'ils cessent de lui casser les pieds !

— Vous devriez ajouter du bois, vos braises sont trop petites, lui dit une quinquagénaire au rouge à lèvres mal étalé.

Le fermier se crispe. Il fulmine.

— Allez donc voir ailleurs si j'y suis, gronde-t-il dans sa barbe.

Au milieu de la musique et du brouhaha de paroles, la femme n'a rien entendu et se rapproche pour montrer le four du doigt.

— Votre feu va s'éteindre...

Robert repousse sa main d'une pichenette avant de sortir une tarte à l'aide d'une pelle à pizza.

— Mon feu va très bien. Sachez que les braises doivent être douces et câlines avec la pâte, il ne faut pas les perturber en les ravivant. Cela les énerverait !

Or, c'est bien notre Robert qui est en train de s'agacer. Lui qui aime le calme, le voilà servi. La femme fait les gros yeux et finit par s'en aller en se plaignant haut et fort du manque de professionnalisme du personnel. Ouf, au moins les autres clients ont entendu sa litanie et ne risquent pas de venir embêter le fermier. Une chance pour notre introverti, qui s'octroie un moment de calme pour déguster un bon verre de jus de pomme.

Les braises font rougir ses joues. Dos à la foule des touristes qui dansent sous les lampions, il réajuste ses tartes flambées au succulent parfum de munster gratiné. Il en a l'eau à la bouche, et il ne s'est pas gêné pour croquer une petite part entre deux services ! La crème est restée sur sa lèvre supérieure et lui donne une allure enfantine. Hassan n'a pas osé le lui dire tant Robert est de mauvais poil.

— Elle est très bonne, votre « fleumeukutch », complimente une sudiste.

Tendu comme un arc, Robert doit se faire violence pour la remercier. S'il devait saigner des oreilles chaque fois que l'on massacre le vocabulaire alsacien, il aurait déjà aspergé les touristes par geysers ! Plongé dans ses pensées, il ne voit pas Maggie qui vient droit sur lui.

— Un sourire n'a jamais tué personne, le sermonne-t-elle gentiment.

La douceur de sa voix le désarme totalement.

— Bonsoir, Maggie, dit-il avec une pointe de timidité.

Car ce soir, Maggie est en beauté. Elle a quitté ses habits hauts en couleur pour une délicieuse robe printanière. Le genre de vêtement d'une grande simplicité que Robert affectionne tout particulièrement.

Il aime la façon dont les légères bretelles bleu marine soulignent les épaules de l'Anglaise. Cela fait bien longtemps qu'il n'avait plus regardé une femme de cette façon. Un peu comme s'il s'agissait d'une fleur née au milieu de son potager, là où on ne l'attend pas. Une fleur sauvage au parfum d'été.

— Alors, vous ne m'invitez pas à danser ?

Robert préférerait se manger les moustaches plutôt que de répondre à cette question. Et son visage parle pour lui. Il est devenu aussi pâle que la crème de ses tartes flambées… qui sont en train de brûler !

— *Kopfklemi !* peste-t-il en sortant deux disques carbonisés du four à pain.

— Je vois que vous avez préparé les vinyles pour me faire danser, dit Maggie en riant.

Dépité, Robert envoie valser les disques à l'autre bout du jardin. Calimero s'en approche et recule aussitôt, déçu de ne pas pouvoir se mettre un morceau sous la dent.

— Si vous voulez gâcher le repas, continuez donc de me demander de vous faire valser !

— Je crois que vous méritez une bonne pause, mon ami, propose l'Anglaise.

Le cœur de Robbie accélère sa cadence. C'est qu'il aime vraiment son accent à la Jane Birkin.

La tentation de l'inviter à danser est forte, la peur l'est plus encore.

— Je ne sais pas si je saurai y faire, dit-il après un long silence. Je n'ai ni l'habitude de parler aux femmes ni de danser.

— Alors faites comme si j'étais un de vos légumes, avec eux vous êtes à l'aise.

Les joues du fermier rougissent.

— Maggie, votre initiative est charmante, mais ne vous forcez pas à être comme moi.

Elle lui répond par un large sourire. Robert a du mal à y croire. Maggie en pince un peu pour lui et il n'y a aucune issue à cette réalité.

— J'aime votre façon de vous adresser à votre potager, et je suis convaincue que si j'étais une asperge vous seriez moins timide.

Robert grimace. Au fond, il aimerait savoir parler aux humains de la même façon. Sauf que les humains savent répondre et ont un langage dur et sec comme une terre jamais arrosée. Les légumes restent silencieux et attentifs, deux qualités que l'on trouve rarement chez l'homme.

Le fermier a terriblement peur d'être déçu par Maggie, et encore plus de la décevoir. S'il accepte cette danse, peut-être que l'Anglaise en voudra davantage. Il se souvient de sa dernière valse. Il était tout jeune, notre fermier. Elsa l'avait inscrit à un énième concours de moustaches. C'était sa façon à elle de lui faire voir du monde. Robert s'y pliait car le concours se déroulait dans la salle des fêtes du village en présence d'un petit comité. Or, alors qu'il venait de fêter ses trente-deux ans, la jeune Rosalie l'avait séduit pendant la soirée. Ils avaient longtemps dansé, joue contre joue, sans échanger un mot. Robert avait apprécié la douceur de sa peau, le parfum de sa nuque glissant sur ses lèvres. C'était comme enlacer une fleur. Craignant de la briser sous ses grosses mains d'homme de la terre, Robert l'avait à peine effleurée. Au fil de la soirée, la jeune femme l'avait entraîné à l'extérieur pour plaquer fougueusement ses lèvres contre les siennes. Robert ne l'avait pas supporté. La moiteur de sa bouche, la chaleur de son souffle, tout lui avait fait horreur. Il était parti, la laissant seule avec une terrible rancœur. Depuis, Robert ne descend plus au village. Cette histoire malheureuse lui avait valu le surnom de « vieux garçon ». Les moqueries allaient bon train. Alors, l'homme timide s'était fait une carapace encore plus solide, dotée d'une étanchéité faite de colère et de peine. Il ne s'était pas attendu à ressentir à nouveau cette envie de poser sa joue sur celle d'une autre femme.

— Vous êtes avec moi ? demande doucement Maggie.

Robert se rend compte qu'il avait fermé les yeux. L'Anglaise le regarde sans le juger. Robert ne voit en elle que douceur et gentillesse.

— Cessez de vous dérober. Les carottes vous apprécient, alors pourquoi une asperge telle que moi ne le pourrait pas ?

— Quelle drôle de façon de vous voir, finit-il par murmurer.

— Pourquoi ? Vous me considérez comme un poireau ? C'est vrai que je suis très longiligne !

Il esquisse un léger sourire.

— Les poireaux sont trop fades pour que vous leur ressembliez. Vous avez raison, vous êtes à l'image d'une jolie asperge violette. Elles sont bien plus gaies que les blanches. Le soir, quand on tend l'oreille, on peut les entendre chanter sous les étoiles. Un peu à votre manière...

Cette fois, c'est au tour de Maggie de rougir. Troublée, elle se laisse porter par les mots du fermier. Des mots tendres et chaleureux, teintés d'une merveilleuse poésie rurale. Sans même s'en rendre compte, ils se retrouvent dans les bras l'un de l'autre, joue contre joue, sous le regard bienveillant des étoiles. Ces dernières scintillent d'une façon particulière. Certainement parce qu'elles assistent à la rencontre de deux individus en quête de douceur. Robert et Maggie s'enivrent de délicatesse et de joie. Rien ne peut briser cet instant. Tout s'efface autour d'eux. Ils ne sont plus qu'un couple enlacé, satisfait et repu de tendresse.

15

Quatre à la suite

Un manche à balai à la main, Elsa menace son frère.

— Allez, *hopla* ! Sors d'ici !

Robert ne se laisse pas faire. Il garde les doigts soudés au piano pour observer la cuisson de sa choucroute.

— Je dois attendre que le bouillon ronronne pour fermer le couvercle de la cocotte ! Tu ne sais pas écouter le glouglou de l'eau !

— Quand le bouillon fera des bulles, je fermerai tout. File, maintenant ! Ils t'attendent.

Le fermier fait la moue et tend l'oreille. Têtu comme une mule, il ignore les petits coups de balai que sa sœur lui colle dans les reins.

— Si tu ne me fais pas confiance pour la cuisson de ton chou, comment peux-tu me laisser gérer celle de tes viennoises ?

— *Jesus Gott !* Mes *viennerla*[1] ! Tu vas les faire éclater ! Non. Décidément non et non, je ne peux

1. Saucisses viennoises, knacks.

pas partir. Il en va de la tenue de mes saucisses. Je ne peux pas accepter qu'elles se fassent maltraiter. Et puis, il y a des Autrichiens et des Allemands qui mangent ici ce midi. Ce serait une honte de leur servir des saucisses trop cuites !

Elsa passe une main lasse sur son visage. Et zut ! En voulant le taquiner elle l'angoisse davantage.

— Robbie, je t'ai vu préparer ce plat des milliers de fois. Je sais parfaitement comment tu cuis tes saucisses.

— Inculte comme tu es, tu vas les mettre dans de l'eau bouillante et elles vont se gorger de flotte !

— L'inculte en question sait que tu es certainement l'un des seuls aubergistes à mettre tes saucisses sur le chou en fin de cuisson, et à les cuire à l'étouffée.

Robert tire nerveusement sur ses moustaches. S'il pouvait s'enfoncer dans le sol, il le ferait.

— Tu as perdu ta langue ?

— Cela ne veut pas dire que tu sauras y faire, dit-il agacé.

Elsa pose le balai avant d'ouvrir le frigo pour en sortir un énorme pot de moutarde.

— Maggie t'attend dehors, dit-elle tout en remplissant des petits ramequins. Si tu ne la rejoins pas, tu vas le regretter toute ta vie.

Robert préfère garder le silence. Cela fait des heures qu'il se prépare mentalement pour cette sortie. L'envie d'être avec Maggie l'oppresse, car il sait qu'il devra aller en ville en échange d'un instant passé en sa compagnie.

— Tu te souviens de la façon dont tu as réagi quand Julien Lepers a été remplacé par Samuel Étienne dans *Questions pour un champion* ? lui rappelle Elsa.

Robert tape du poing sur le plan de travail en inox.

— Tu ne vas pas remettre ça sur le tapis !

Dépité, il poivre les pommes de terre qui frémissent au-dessus du chou.

— J'en reparlerai tant que tu en auras besoin. Eh bien, mon vieux, tu es devenu fou de rage. Tu n'as pas voulu regarder ton émission pendant des mois parce que ce « jeune blanc-bec », comme tu l'appelais, ne pouvait pas remplacer un présentateur auquel tu t'étais attaché. Et qu'est-ce qui est arrivé par la suite ?

Robert fait la moue et rentre la tête dans ses épaules trapues de fermier.

— Tu as fini par regarder ton émission préférée parce qu'elle te manquait, et tu as réalisé que ce présentateur donnait un coup de peps, une nouvelle jeunesse au jeu. Oh, ça, tu ne l'as pas dit, je sais, mais tu l'apprécies à présent et il fait partie de ton quotidien.

— Quel est le rapport avec le fait que je ne veuille pas quitter ma cuisine ?

— Tu as peur de retrouver Maggie et qu'elle chamboule ta vie, et pourtant tu es capable de faire des concessions. Pense à *Questions pour un champion* : dans le fond, l'émission est toujours la même, et le nouveau présentateur lui apporte un petit plus. Accepte ce petit plus dans ta vie et cesse de chercher des excuses avec ta choucroute et tes *viennerla*. Lepers a fait son temps, tu l'as adoré, maintenant passe à autre chose et cesse de vivre au passé. Si tu apprécies cette femme, pars avec elle, essaye de voir le monde à sa manière, et ne t'enferme pas dans ta fichue cuisine !

Penaud, Robert reste muet. Il ne détache plus les yeux de ses patates. Il en a même oublié de baisser le gaz et de les couvrir. Elsa y remédie immédiatement.

— Maggie est ton Samuel Étienne, fais-la entrer dans ta vie. Hier encore, vous avez dansé. Si tu es capable d'accepter qu'une femme te prenne par la main, alors laisse-la t'emmener où elle le voudra.

La gorge nouée, Robert retire son tablier et le tend à sa sœur. Il se souvient du jour où il avait rallumé la télé pour regarder son jeu préféré. Il avait des préjugés, mais un plaisir nouveau l'avait envahi. Le genre de plaisir que Maggie lui a fait ressentir en dansant avec lui. Son parfum est encore présent dans le creux de son cou. La peur lui intime de rester près de sa cocotte ; toutefois, celle de rater l'occasion de passer une journée avec Maggie est plus forte encore.

— Tu as le droit de passer du bon temps en dehors de la ferme. Accorde-toi une petite pause, et on en reparlera dans quelques heures, propose Elsa.

Frappé par la gentillesse de sa sœur, Robert prend conscience qu'il n'a jamais cessé d'être au service de ses clients. Sa vie s'est toujours résumée à s'occuper des bêtes, des légumes et à remplir l'estomac des touristes. Une vie de labeur. Un travail qu'il considère comme une passion et une raison de vivre. Sauf que, jusqu'ici, il n'avait jamais rencontré quelqu'un qui lui donnerait envie de partir voir autre chose.

— Tu me promets de faire attention aux saucisses ?

— Comme à mes p'tits loups, répond-elle en lui adressant un clin d'œil.

— Et de veiller à bien présenter les plats ?

— Le chou au centre, les patates autour et la viande savamment disposée sur le dessus.

— Sans croiser les *viennerla* !

— Sinon ça porte malheur, soutient Elsa qui a vu son frère arranger les plats un bon millier de fois.

Soulagé, Robert lui colle un *schmoutz*[1] sur la joue et quitte la cuisine. Dehors, il est accueilli par les jumeaux qui jouent à la balle avec Calimero. Surexcités, les bambins foncent sur lui pour l'embrasser.

— Tu nous emmènes ? On ne t'a jamais vu en dehors d'ici ! supplie Charlotte.

Robert lui embrasse le front et l'invite à retourner auprès de sa maman. Pour le moment, il ne pense qu'à une chose : rejoindre Maggie, qui est au volant d'une superbe décapotable rouge louée pour l'occasion.

— Une autre fois, Croquette. La voiture n'est pas assez grande pour tout le monde.

---

1. Bisou affectueux.

Charlotte boude et finit par lui coller un bisou sur la joue.

— On ira peut-être manger une glace ensemble, suggère-t-elle.

— Ou nager à la piscine ! propose David.

Sortir à la piscine, déguster un cornet de glace, autant de plaisirs dont Robert s'est privé pendant des années. Comprendre cela lui fait mal au cœur. Non pas qu'il ait l'impression d'avoir raté sa vie, mais parce qu'il se sent coupable d'avoir privé ses *fuchsala* de moments simples et agréables en sa compagnie.

— On fera tout ça une autre fois, dit-il en leur ébouriffant les cheveux.

La mâchoire de Charlotte tombe si bas qu'elle semble ne plus tenir qu'à un fil. Elle qui voulait juste taquiner son oncle, elle ne pensait pas qu'il serait capable d'accepter d'aller en ville pour eux. Mais où est donc passé tonton *Kopftomi* ? Cet éternel râleur incapable de quitter sa ferme ? Décidément, Robert est en train de changer, pour le bonheur des marmots qui lui font un énorme câlin.

— À tout à l'heure tonton, dit Charlotte en l'embrassant.

— Bonne journée ma puce, veille bien sur les tomates.

Le petit cœur de Charlotte a un raté. Entendre son oncle lui parler avec une telle tendresse est un cadeau si précieux et inattendu qu'elle a du mal à retirer ses bras menus de son cou. Hassan, qui était assis à l'arrière de la voiture, finit même par en sortir pour les séparer.

— On y va ? Prêt pour le grand saut ?

Le fermier se contente de hocher lentement la tête en fixant la chevelure flamboyante de Maggie qui lui tourne le dos. Au volant de la décapotable, elle réajuste les rétroviseurs et le siège avant. Elle porte une robe blanche tout à fait charmante. Les bretelles, un peu trop longues, glissent sur ses épaules parsemées de taches de rousseur. Robert rougit en prenant place à côté d'elle.

— Elsa m'a conseillé d'aller à Eguisheim[1]. Cet endroit devrait particulièrement vous plaire, dit-elle sans quitter son GPS des yeux.

Robert ignore où se trouve ce village, tout comme s'il va l'apprécier. Toutefois, la perspective de passer une journée entière en compagnie de la pétillante Maggie le met en joie. Il en oublierait presque la présence d'Hassan qui les accompagne pour voir du pays. Plongé dans ses pensées, Robert reste silencieux. Il a du mal à croire qu'il vient de monter dans une voiture, et encore plus qu'il s'apprête à passer une journée loin de tous ses repères.

Il fait le vide pour ne pas se laisser gagner par la peur. Le chemin de la ferme s'éloigne peu à peu. Robert songe aux poules qu'il a nourries aux aurores, au potager fraîchement arrosé, à ses *geissala*[2] traites avant le lever du jour. Il passe tout en revue. Il sait qu'il n'a rien

1. Sacré plus beau village de France et village préféré des Français en 2013.
2. Petites chèvres.

oublié, que du potager au clapier des lapins tout a été préparé. Pourtant, il ne parvient pas à se détendre. Laisser tout derrière lui, lâcher prise sont des choses auxquelles il n'est pas habitué.

Maggie pose une main sur la sienne. La chaleur de sa peau le réconforte. Il ne voit plus que ses doigts longs et blancs.

— Profitez du paysage, lui dit-elle, ce n'est pas tous les jours que vous pouvez voir un tel spectacle.

Robert se redresse et découvre des vignes à perte de vue. La décapotable file dans un décor de carte postale. Baignées de lumière, les vignes parsemées de brume matinale brillent sous les rayons du soleil. Parfois, une cigogne file dans le ciel d'un bleu profond et pousse un mignon craquettement. Robert ne peut s'empêcher de sourire. La voilà, son Alsace rêvée, celle dont il a gardé un souvenir inaltérable.

Parfaitement détendu, il oublie tout ce qu'il laisse derrière lui. Aussi excité qu'un bambin, il regarde partout autour de lui, découvrant les villages à colombages et les fontaines ruisselantes où s'abreuvent des colonies d'hirondelles.

Au bout d'une heure de route, la voiture s'arrête sur le parking du village d'Eguisheim. Les trois amis sortent de la décapotable et suivent les quelques touristes qui se dirigent vers la place principale. Ravi à l'idée de découvrir l'un des plus beaux lieux de France, Hassan clopine gaiement dans les ruelles aux pavés centenaires.

— Han ! C'est trop joli, ici ! s'exclame-t-il.

Son exaltation n'a d'égale que le mutisme de Robert. Frappé par la beauté du lieu, le fermier en a perdu sa langue. Ici, tout n'est que mignonnerie. La rue dans laquelle ils marchent est si étroite qu'ils peuvent à peine se tenir à trois dans la largeur. De chaque côté se trouvent de petites maisons en enfilade sorties tout droit d'un conte de fées. Accrochés aux fenêtres, de splendides géraniums tombent en grappes généreuses d'un incroyable rouge cramoisi. Les façades des maisonnettes à colombages se parent de couleurs criardes qui changent tous les dix mètres. Ce n'est pas un village ordinaire, mais un véritable arc-en-ciel.

— *Jesus Gott*, murmure Robert.

— Comme vous le dites, confirme Maggie.

Frappés par le caractère insolite du lieu, ils continuent d'arpenter les rues sinueuses. Le sourire aux lèvres, Robert admire l'architecture des maisons. Les garages aux portes rondes leur confèrent une douceur presque enfantine. On se croirait dans un décor né de l'imagination des frères Grimm. Tout à sa joie de découvrir un univers aussi poétique, Robert passe une main tremblante sur les colombages et bancs en bois pour s'imprégner de leur histoire.

— On se croirait dans un conte, souligne Hassan, les yeux brillants.

— C'est ce à quoi j'étais en train de penser, avoue Robert.

Maggie, son appareil photo à la main, prend cliché sur cliché. Cette virée est l'occasion d'illustrer l'article qu'elle a prévu d'envoyer à son magazine. Enjouée, elle monte sur les bancs et se met dans des positions aussi acrobatiques que ridicules pour saisir la meilleure image. Robert aime la voir ainsi, aussi vive et insouciante qu'une enfant. Rien à voir avec les touristes qui les suivent en jetant des regards désapprobateurs. Maggie se fiche de ce que les gens pensent, elle s'amuse d'un rien et se tord le cou pour prendre en photo une abeille butinant une fleur. Elsa a raison, cette femme aussi rafraîchissante que drôle est son Samuel Étienne.

Et c'est un sans-faute pour Maggie ! Oui ! Oui ! Oui ! clame la voix de Julien Lepers dans la tête de Robert qui sourit bêtement. Sa simplicité, son rejet des codes vestimentaires, tout cela rend Maggie irrésistible. *Un point de gagné,* pense-t-il. *Si elle fait un « quatre à la suite », je la suis où qu'elle aille.*

Entraîné par Maggie qui lui prend le coude, Robert s'évade de ruelle en ruelle. Le temps file sans qu'il s'en rende compte. Il ne pense plus à ses animaux, encore moins à ses légumes, il vit l'instant, le savoure intensément.

— Je commence à avoir une de ces faims ! s'exclame Hassan.

— Alors on ferait mieux de rentrer. Elsa a certainement laissé une portion de choucroute pour nous, propose Robert, tout heureux de retourner chez lui pour déguster le plat du jour.

Hassan fait non de la tête avant de désigner la devanture d'une petite *winstub*[1].

---

1. Une *winstub* est un type de bar-restaurant à vin traditionnel spécifique de l'Alsace et de la Suisse alémanique.

— Ma mère nous a réservé une table, il paraît que c'est excellent !

— Je ne mangerai pas dans un restaurant, c'est contre mes principes, tranche Robert.

Chassez le naturel, il revient au galop. Le fermier grince des dents. Il n'avait pas pensé à l'éventualité de manger dehors. Se nourrir de paysages et de couleurs lui convenait parfaitement.

— Vous avez peur d'être empoisonné ? le taquine Maggie.

— Je ne soutiens pas les restaurateurs qui ne respectent pas les règles que je m'impose chaque jour, et je doute qu'ils les suivent.

— Robert, je sais que vous pensez qu'il faut créer un dialogue avec vos légumes et les bichonner pour les déguster, mais il y a d'autres manières de respecter la nature. Tentez l'expérience…

Avant même qu'il n'ait le temps de répondre, la porte arrondie de la *winstub* s'ouvre devant eux, embaumant la rue d'un parfum de pommes de terre rissolées au beurre et de vin cuit. L'estomac de Robert se déchaîne, trahissant son cerveau qui lui hurle de ne pas mettre un pied dans le restaurant. Trop tard, il est déjà entré et découvre un petit caveau intimiste illuminé par des lustres d'un autre temps.

Accueillis par une serveuse vêtue d'une tenue traditionnelle, ils prennent place dans une petite

---

Prononcer « winchtoup ». Littéralement *win* = vin, *stub* = pièce chauffée en hiver dans les maisons.

alcôve proposant une table ronde entourée d'une banquette. En son centre, une lanterne a été posée et diffuse une agréable lumière tamisée. Robert est obligé de l'admettre, il se sent bien. Il est encore tôt et le restaurant n'est pas envahi par les touristes, ce qui leur permet de prendre le temps de choisir leur menu. Mission ô combien ardue pour le fermier, qui juge les plats avant de les avoir goûtés.

— La carte présente les mêmes menus que ceux que je propose. C'est ridicule, on pourrait manger à la maison, et au moins on se régalera.

Compréhensive, Maggie la lui prend des mains.

— Alors, on rentre ? s'impatiente Robert.

— Non, on va tirer votre menu au sort ! Mettez un peu de fantaisie dans votre quotidien, mon ami. Les surprises, ça a du bon.

Pleine d'enthousiasme, elle ouvre le livret et pose un couteau au milieu. Le doigt dessus, elle le fait tourner à toute vitesse comme l'aiguille d'une horloge. Robert suit les mouvements du couvert avec nervosité, craignant qu'il ne désigne une langue de bœuf épicée ou des rognons de veau. La lame s'arrête. Robert se crispe.

— Menu surprise, murmure Hassan. Là, impossible de savoir ce qui vous attend !

Sans la présence de Maggie, le fermier aurait paniqué. Sauf que les choses sont différentes aujourd'hui. Le grain de folie de l'Anglaise le plonge en enfance. Nostalgique, il pense à son retour de l'école, quand il retrouvait sa mère en cuisine. Chaque jour était une surprise et, une main devant les yeux, il essayait de deviner ce qu'il allait pouvoir déguster. Maggie a réussi la prouesse de lui donner envie de ressentir à nouveau cette émotion. La magicienne a encore marqué un point. Dans sa tête, Julien Lepers valide le score. *Et de deux à la suite*.

Les plats arrivent rapidement. Robert garde les yeux clos et tente de deviner ce qui se trouve dans son assiette. Une alléchante odeur de tomates rôties le fait saliver. Des tomates cerises, bien sucrées et bien traitées. Robert se concentre, découvrant des saveurs d'œufs frais et de lait entier.

— Un clafoutis aux tomates cerises, devine-t-il en ouvrant les yeux.

— *Good job !* le félicite Maggie.

— Ouais, franchement vous assurez ! le complimente Hassan qui se débat avec une pince.

Maggie éclate de rire en voyant l'ado sauver une coquille huileuse en plein vol.

— Hassan, tu devrais manger tes escargots avec les doigts, ne t'embête pas avec cette pince ridicule.

— Mais je vais me mettre du beurre partout !

— Justement, tout le plaisir est là ! s'exclame-t-elle en lui chipant une coquille.

Joueuse, elle la fait tourner avant de planter un cure-dents pour en sortir le petit gastéropode. D'un air gourmand, elle roule des yeux et se lèche le pouce et l'index.

— On ne fait pas de manières avec le beurre d'escargot, ça se met sur les doigts et ça se déguste du bout des lèvres.

Le buzzer mental de Robert fait un *biiip* assourdissant. Encore un point de gagné. En vraie championne de la simplicité, elle a banni les couverts de la table.

— Vous devriez goûter mes carottes, mon ami, elles sont succulentes, lui propose Maggie.

Elle saisit un mini-légume avant de le tendre à Robert.

— N'oubliez pas de fermer les yeux avant de la croquer, ce genre de demoiselle a l'esprit romantique, dit-elle malicieusement.

L'âme solitaire du fermier fond littéralement, envoûtée par les mots de l'Anglaise. *Elle sait parler aux légumes,* songe-t-il en croquant dans la carotte à même les doigts de Maggie.

Une vraie farandole de saveurs envahit son palais. Robert goûte pour la première fois une cuisine qui n'est pas la sienne, et l'expérience est totalement renversante. Maggie a raison. La carotte a été choyée et ne demande qu'à être aimée. Une vraie fleur bleue dans un légume au cœur tendre. Et c'est au cœur de Robert de battre à une allure folle, au rythme effréné du buzzer mental qui marque un ultime point.

Quatre à la suite.

Maggie est sacrée championne des *scheni haxa*.

16

Filer à l'anglaise

Robert a enfilé sa chemise en jean préférée, celle qu'il mettait pour les concours de moustaches. Il hésite un instant avant de glisser un tour de cou de cow-boy sous le col. Ah ! Ce qu'il a pu aimer ce bijou tout simple. Il s'agit d'une cordelette en cuir noble sur laquelle est accrochée une jolie plume blanche et noire. Mais pas n'importe quelle plume. Enfant, Robert avait débusqué un nid de cigognes en haut de la grange, et lors de la migration de ses habitantes, il était monté tout en haut pour y récolter ce trésor. Il ne la portait que très rarement pour ne pas l'abîmer. À occasion exceptionnelle, tenue exceptionnelle. Maggie doit le voir tel qu'il est. Nostalgique, amoureux des choses simples et des petits bonheurs. Comme elle.

Debout face au miroir, il enroule soigneusement les pointes de ses moustaches.

— Voilà, pile-poil, dit-il avec satisfaction.

Il a fière allure. Au moins il ne porte pas ses éternelles bottes crottées de terreau ou son tablier de cuisine. Cette fois, Robert va se présenter sous son plus beau jour. Moustaches propres et parfumées, joues bien fraîches et rasées, cheveux peignés et ajustés en catogan... le fermier est métamorphosé.

N'importe qui pouffeait devant une allure aussi singulière, mais pour Robert qui n'est pas sorti de chez lui depuis une éternité, c'est le summum du look. S'il n'était pas aussi crispé, il chanterait bien « T'as le look, coco » pour se donner du courage.

— On y est, murmure-t-il en poussant un gros soupir. C'est pas le moment de se débiner, mon vieux !

Il a la bouche pâteuse tant la nervosité le gagne. Posé en évidence sur sa table de chevet, un bouquet de fleurs des champs n'attend plus qu'à être offert. Il lui suffit d'imaginer Maggie en train de glisser un bleuet dans ses cheveux pour esquisser un sourire.

Les mains moites, il sort de sa chambre et traverse le couloir pour rejoindre celle de Maggie. Il reste un bon moment planté devant sa porte, les fleurs si près de son visage qu'il finit par éternuer. Il ignore combien de fois il doit toquer, ni de quelle manière. Il a peur de ce qu'elle pourrait penser. Robert n'est pas homme à séduire une femme. Tout ce qu'il souhaite, c'est dire à Maggie qu'il est prêt à l'accueillir dans son quotidien. Il ne sait pas quelle place elle aura, ni s'il a envie de faire comme tous les autres hommes, mais il est convaincu que Maggie pourrait le comprendre. Sa gentillesse et sa douceur lui ont ravi le cœur.

Il choisit de toquer à deux reprises. Deux coups discrets et assez fermes pour se faire entendre. Personne ne vient. La porte reste close. Robert tente à nouveau sa chance en frappant plus fort. Pas de réponse. Maggie n'est pas là.

Un coup d'œil au cadran de la grosse horloge du couloir lui indique qu'il est presque 22 heures. Maggie doit sans doute profiter de la terrasse et de l'air frais pour boire un thé.

Souriant, Robert parcourt les couloirs de l'auberge et sort dans la nuit. Tout est calme. Seuls quelques touristes sont encore en terrasse et savourent un café servi par Elsa. Cette dernière s'est assise sur une chaise à bascule à côté de Fatima qui déguste des dattes à la pâte d'amande. Toujours aucune trace de Maggie.

L'angoisse doit se lire sur le visage de Robert car sa sœur lui jette un regard perplexe. À moins que ce ne soit au bouquet tout froissé qu'il balance nerveusement contre sa cuisse. Sans prêter attention à Elsa, il descend de la terrasse et traverse le potager. Il regarde partout. Près des citrouilles et des patates, pas de Maggie. Il finit même par débusquer Charlotte et David, sortis en virée nocturne pour voler des framboises. Accroupis sous les framboisiers, le nez collé à leurs mains en coupe, ils dévorent les fruits par poignées. En temps normal, il leur aurait tiré les oreilles, mais pas ce soir. Robert est trop bouleversé pour gronder les *fuchsala* qui se goinfrent en cachette. Qu'ils en profitent, car leur oncle finira bien par redescendre sur terre et voir que ses framboisiers ont été entièrement dépouillés. L'heure est à la recherche. Voyant son maître à l'affût, Calimero le rejoint en prenant des allures de fin limier. Un limier maladroit qui bouscule Robert avec son imposant arrière-train.

— Cali..., se plaint-il tout en lui caressant le haut du crâne.

Reconnaissant, le chien le remercie en lui léchant les doigts. Robert écarte gentiment le pot de colle qui remue la queue et le pousse en trottant à ses côtés.

— *'Klemi !* Où est-elle ?

Le fermier passe en revue toute sa ferme avant de retourner devant la porte de Maggie. Calimero reste près de lui, les oreilles tombantes, il sent que son maître est sur le point d'exploser. Cette fois, Robert abaisse la poignée et découvre qu'elle est déverrouillée. Son bouquet défraîchi tombe au sol. La pièce a été vidée. Les draps sont changés et un petit assortiment de toilette trône sur un vieux guéridon en cerisier.

— Elle est partie il y a deux bonnes heures, dit Elsa qui l'a rejoint.

Robert est blême. Il a envie de hurler tant sa poitrine le fait souffrir.

— Robbie, il fallait bien qu'elle parte un jour, dit doucement sa sœur.

— Tu voulais absolument que je passe du temps avec elle, dit-il tout bas. Tu disais que ça me ferait du bien de la fréquenter.

Les larmes lui montent aux yeux. Il les retient de toutes ses forces, trop fier de pleurer devant celle qu'il considère comme la responsable de sa douleur.

— Je viens de passer une journée entière avec elle parce que tu voulais que je sorte. J'ai commencé à m'y attacher... et toi tu ne fais rien pour la retenir ?

Elsa ne trouve pas les mots pour le réconforter. Elle se sent terriblement coupable et ne peut le regarder sans éprouver des remords.

— Je suis désolée. Je ne savais pas qu'elle nous quitterait si vite. Elle m'a rendu les clefs sans rien dire...

— Tu ne l'as pas retenue, répète-t-il.

— Robbie, les gens qui viennent ici sont de passage, ils finissent par rentrer chez eux.

— Voilà pourquoi il ne faut pas s'y attacher ! tempête-t-il.

Fou de chagrin, il saisit la corbeille de produits d'hygiène et l'envoie à l'autre bout de la pièce.

— Tu comptes faire quoi, maintenant ? Je suppose que tu vas préparer cette chambre pour une autre personne ? Tu prévois quoi pour la suite ? Que je passe du temps avec une autre cliente qui partira au bout du monde ?

Les mains jointes, Elsa se rapproche pour le calmer.

— Maggie est à Londres, rien ne t'empêche de sauter dans un avion pour la suivre.

— Elle a filé sans un au revoir, je crois que le message est clair. Cette journée que nous avons passée l'a fait fuir.

Elsa doit se mordre les lèvres pour ne pas pleurer.

— Si tu ne nous avais pas poussés dans les bras l'un de l'autre, on n'en serait pas là aujourd'hui ! Regarde-moi ! De quoi j'ai l'air avec ce fichu bouquet et cette chemise ?

D'un amoureux éconduit, pense-t-elle.

— Je suis tellement désolée, Robbie, je ne pensais pas que tu finirais par…

— Par quoi ? la coupe-t-il. Par apprécier une femme qui semblait m'aimer pour ce que je suis ?

— Je voulais juste t'aider à te faire des amis, se défend-elle piteusement.

— Je n'avais rien demandé, juste qu'on me fiche la paix. Mais tu n'en as fait qu'à ta tête. Quand vas-tu comprendre que je n'ai besoin de personne pour être heureux ?

Les joues d'Elsa ont viré au cramoisi. Heureusement que son balai se trouve dans la pièce d'à côté, sinon elle aurait déjà donné un bon coup de manche entre les épaules de Robert.

— Quand arrêteras-tu avec ce fichu refrain ? Je sais qu'il y a un cœur sous ta cuirasse, si ce n'était pas le cas tu ne serais pas venu jusqu'ici avec un bouquet de fleurs. Mince, Robbie ! Tu es un adulte, alors agis comme tel et va retrouver Maggie. Tu ne peux pas passer ton temps à te voiler la face. Tu as le droit d'aimer les gens et de te faire aimer. Il faut prendre des risques dans la vie.

— Elle est retournée à Londres, Elsa. Je me suis cru capable de la faire entrer dans ma vie, mais je n'ai pas pensé qu'elle en sortirait si vite. Elle doit penser que je ne suis qu'un *HànsWurscht*[1], un péquenot qui préfère parler à des légumes plutôt qu'aux humains, et que son article ne valait pas le coup d'être publié.

— Ne dis pas ça. Je suis sûre qu'elle avait de bonnes raisons de retourner chez elle. Tu verras, elle te contactera. À moins que tu ne le fasses avant elle.

Dépité, Robert s'assied au bord du lit. Il ne parvient plus à articuler un seul mot. Après tant d'années de silence, le fermier regrette d'avoir brisé son mutisme pour une femme partie si vite. Filer à l'anglaise, voilà ce à quoi il pense. L'expression prend tout son sens.

Assise à ses côtés, Elsa caresse les petites boucles de cheveux qui tombent dans son cou. Elle a compris que parler ne pourrait rien changer, qu'elle devait juste rester près de lui. Elle sait que derrière chaque colère se cache une vraie douleur, et que chaque silence est un cri. Partir ne ferait qu'aggraver la situation.

Ils restent un long moment l'un près de l'autre. Les heures passent. Elsa a posé sa tête sur l'épaule de son frère et s'est endormie. Même Calimero a piqué du nez et ronfle sur les pieds de son maître. Le fermier reste éveillé.

La journée qu'il vient de vivre défile sous ses yeux. Tout était si parfait, si tendre et agréable. Pourquoi tout arrêter aussi subitement ?

---

1. Littéralement « Jean Saucisse » qui signifie baladin, bouffon, valet niais.

Pourquoi partager un tel bonheur pour le piétiner sans remords ?

Il faut qu'il quitte cette pièce où elle a dormi pendant ces dernières semaines. Son empreinte est encore présente et l'assaille. Il se lève et allonge délicatement Elsa sur le matelas.

Accompagné par Calimero, Robert rejoint le calme de sa cuisine. Il a besoin de repères et de solitude. Quoi de mieux que de faire un plat long et fastidieux pour ne plus penser ? Tout ce qui compte pour lui est d'oublier Maggie pendant quelques heures.

Sans entrain, les yeux chargés de larmes, il s'empare d'une cagette dans laquelle se trouvent les légumes du matin. Il regarde à peine les carottes en les épluchant. Il ne dit rien, pas un mot réconfortant alors qu'il les dénude à grands coups d'économe. Les pommes de terre subissent le même sort, et le poireau est tranché sans même avoir été prévenu. Robert cuisine sans passion, sans amour, mais avec une tristesse immense qu'il transmet à ses légumes. Et que dire des malheureux oignons qu'il découpe grossièrement ? Tout y passe ! Le bœuf, le porc et même le mouton sont préparés sans ménagement. Aujourd'hui son *baeckeoffe* aura un goût amer. Peut-être que les clients n'y verront que du feu, mais les légumes, eux ont conscience de l'aigreur qui saisit leur ami.

La mort dans l'âme, il remplit le moule en terre cuite de morceaux de viande et de légumes avant de couvrir de bouillon et de vin blanc.

Puis, d'un geste las, il agrémente le plat de feuilles de laurier sans prendre le temps de leur conter fleurette. Enfermé dans le moule, tout ce petit monde se trouve à l'écart, aussi isolé que notre bon fermier.

— C'est parti pour trois heures de cuisson, murmure-t-il en ouvrant le four.

Il manque de faire tomber le plat en trouvant une enveloppe posée sur la grille. Son nom est écrit dessus, d'une belle calligraphie.

Les doigts tremblants, il ouvre la lettre et découvre des mots qui pansent ses blessures et ravivent les battements de son cœur.

— « Mon cher ami », lit-il à voix haute.

Il s'arrête, la gorge nouée d'émotion. « Ami ». Le mot est bien plus fort que tout ce qu'il avait espéré.

— « Ces jours passés à vos côtés ont été un vrai bonheur, continue-t-il en caressant la tête de Calimero. En étant près de vous, j'ai découvert une nouvelle façon de vivre qui m'a donné une envie : retourner près des miens, les embrasser et leur dire combien la vie est une chance. Vous semblez l'ignorer, mais vous êtes une réelle source d'inspiration. Vous savez transmettre le goût des petits riens, sauf que vous n'avez pas encore saisi que leur saveur est plus intense lorsqu'elle est partagée. J'ai eu la chance de la partager en votre compagnie et d'en saisir toutes les subtilités. Aujourd'hui, vous avez fait votre premier pas dehors, il est temps pour vous de découvrir enfin le monde et de vous enrichir de tous ses trésors. Ainsi, mon cher ami, je vous invite à quitter votre ferme pour me retrouver. Je suis partie car je sais que c'est mon unique chance de vous faire quitter ce lieu. Rejoignez-moi à Londres. Il y a tant à découvrir ensemble. Votre dévouée, Maggie. »

17

Bis Bàll[1]

La lettre de Maggie est toute froissée à force d'être chiffonnée entre les mains tremblantes de Robert. Il ne parvient plus à déchiffrer le mot laissé par l'Anglaise, mais il le connaît par cœur. Il a bien dû le lire une dizaine de fois, et l'a jeté à la poubelle tout autant.

— Partir, partir… pourquoi serait-ce à moi de la rejoindre ? répète-t-il en tapant le talon contre le plan de travail.

Assis à côté de la plaque de cuisson, il ne quitte pas le four des yeux. Il n'arrive pas à y croire. L'attirer jusqu'à Londres en lui laissant une lettre ! Il n'y a que Maggie pour oser lui faire un coup pareil ! Pourtant, Robert a bien été charmé par cette même folie la veille à Eguisheim. Aller de surprise en surprise, se laisser prendre au jeu de la vie sont autant de promesses présentes sur le bout de papier

1. À bientôt.

qu'il triture nerveusement. Pourquoi ne pas se laisser tenter ? Pourquoi vivre enfermé quand une femme douce et affectueuse vous attend de l'autre côté de la Manche ?

— Parce que je ne saurai pas comment y aller, murmure Robert.

Eh oui, des années d'isolement l'ont coupé de la réalité, si bien qu'il est totalement perdu et ne sait pas par où commencer.

— Vous devriez dormir, lui conseille une voix derrière lui.

Robert passe une main lasse devant ses yeux fatigués et ne prend pas la peine de se tourner vers Fatima. Cette dernière n'a pas attendu qu'il l'invite à s'asseoir pour prendre place à côté de lui. Les jambes balançant dans le vide, elle prend la même position que le soir où ils ont eu leur première longue conversation. Robert a un léger pincement au cœur. C'était il y a déjà un mois, et cela lui semble être une éternité. Comment a-t-il pu s'attacher à de nouvelles personnes en si peu de temps ? Lui qui s'était fait la promesse de rester bien à l'abri sous sa carapace, il est incapable d'imaginer le futur sans la compagnie de ses nouveaux amis. Toutefois, il se sent perdu. Partir de la ferme et découvrir un univers tout à fait différent lui fiche une trouille bleue.

— Vous saviez qu'elle retournerait à Londres ?

Fatima fait oui de la tête.

— Pourquoi ne pas l'avoir retenue ?

— Parce qu'elle voulait que vous la suiviez. Vous en sentez-vous capable ?

Pas de réponse. La peur se lit sur le visage de Robert. Hier encore il s'est fait la promesse de l'accompagner où elle irait. Quatre à la suite. Maggie avait marqué tous les points nécessaires pour gagner son cœur. Néanmoins, le fermier se voyait partir uniquement avec Maggie comme guide. Elle seule pouvait lui faire parcourir le monde sans qu'il oppose de résistance. En l'emmenant à Eguisheim, elle lui avait montré comment profiter de l'instant présent, et surtout que le quotidien pouvait être chamboulé sans pour autant briser son confort. Au contraire, Robert s'était laissé charmer, et une voix au fond de lui s'était enfin élevée pour lui dire d'aller de l'avant, de prendre Maggie par la main et de partir avec elle. Mais Robert n'avait pas envisagé qu'elle s'en aille.

— Robbie, vous savez qu'elle a fait cela pour votre bien ? Maggie veut absolument que vous la retrouviez afin que vous sortiez de chez vous.

— J'en ai conscience, dit-il la gorge nouée.

— Alors, pourquoi avez-vous cet air abattu ?

— Je ne sais pas comment m'y prendre. Je n'ai jamais quitté la maison, et encore moins pris l'avion. Je vais être totalement perdu, répond-il.

— Vous ne le serez pas, lui assure Fatima.

— Je suis incapable de lire une carte, tout comme de prendre un taxi, alors comment voulez-vous que j'aille jusqu'à Londres ?

Fatima lui fait un large sourire. Robert s'emballe, l'espoir le prend aux tripes. Serait-ce de la complicité qu'il lit dans le regard de son amie ? Lui cacherait-elle quelque chose ?

— Ne me dites pas qu'elle vous a proposé de m'accompagner ?

— Eh bien, vous voyez que vous n'êtes pas stupide ! s'exclame-t-elle en lui collant une bise sur la joue. Bien sûr qu'on va vous accompagner. Hassan a réservé l'hôtel pour demain soir. Tout va bien se passer, Robbie, on va vous emmener voir Maggie... et le monde !

Le fermier ne sait pas s'il doit remercier Fatima, la prendre dans ses bras ou fuir. Tout ce dont il est sûr, c'est qu'il a besoin de voir Maggie afin de comprendre ce qu'il ressent pour elle.

Il a mal. Telle est sa seule certitude. Et s'il veut calmer sa douleur, il va falloir faire le sacrifice de laisser sa ferme derrière lui pour rejoindre la ville.

— Allez vous coucher, l'avion décolle à 11 heures, lui indique Fatima. Demain, nous prendrons un merveilleux goûter dans le plus beau parc de Londres, en compagnie de Maggie, cela va de soi.

Robert encaisse les informations sans rien dire. Que pourrait-il ajouter ? De toute façon il n'a pas le choix. S'il veut revoir Maggie, il va devoir suivre Fatima et Hassan. Il ne pouvait pas avoir de meilleurs guides.

Une main serrant la lettre, il quitte la cuisine pour retrouver sa chambre. Il sait qu'il ne parviendra pas à dormir, et que dans le cas contraire, ses rêves l'emmèneront auprès de Maggie.

Quelques heures plus tard, notre fermier a quitté son lit pour vaquer à ses occupations matinales. Arroser le potager, faire la causette aux tomates, autant d'activités essentielles qui ont un goût amer. Ce matin, Robert s'apprête pour le grand saut dans l'inconnu.

De grosses larmes dévalent ses joues. Le cœur lourd, il remplace la litière des poules tout en leur fredonnant une berceuse. La matinée est bien entamée, et il ne fait que reculer l'instant où il va devoir saluer ses bêtes. Il sait qu'il va certainement les abandonner pour plusieurs jours. Comment vont-elles s'endormir sans leur rituel du soir ? Qui leur racontera de jolies histoires pour les apaiser ? Son estomac se noue si fort qu'il en a la nausée.

— Tonton ?

Assis sur les meules de foin, les jumeaux l'observent tout en grignotant du chocolat.

— Qu'est-ce que vous voulez, les trappeurs ? demande Robert en s'essuyant le nez d'un revers de la manche.

Ils sautent de leur petit perchoir et le rejoignent.

— On s'était dit qu'on pourrait s'occuper des poules en ton absence, propose gentiment Charlotte.

Robert esquisse un sourire triste. Quitter ses bêtes est une chose difficile mais il était loin de se douter que les deux canailles lui manqueraient bien plus.

— Vous êtes adorables, mes *fuchsala*.

— Ça veut dire que tu es d'accord ? Dis oui, tonton ! On les bichonnera ! s'exclame Charlotte.

— On empêchera Calimero de leur voler dans les pattes ! le rassure David.

— Et on leur donnera à manger les épluchures de tes bons légumes.

— Midi et soir ! complète fièrement David.

Force est de constater que les marmots ont un sens aigu de l'observation et que celui-ci leur a permis d'assimiler le rythme auquel les poules ont été habituées.

— Attendez, ne vous emballez pas trop vite. Il est vrai que vous savez ce qu'il y a à faire, mais les poules ont besoin de traitements particuliers.

— On leur lira des histoires, dit Charlotte.

— Et on leur chantera de jolies chansons, ajoute David qui sort un petit livre de contes de la poche de sa salopette.

— On sait que Léopoline aime le conte de l'épi de maïs, Hassan nous l'a raconté.

— Et Georgette raffole de la poule aux œufs d'or, se souvient David.

— On t'a écouté leur lire des histoires des centaines de fois, et en plus on en connaît des tonnes ! Maman nous en lit une tous les soirs depuis qu'on a… deux, trois ans, c'est ça, David ?

Très sérieux, David fronce les sourcils en se concentrant sur un ambitieux calcul.

— Alors, 365 que je multiplie par trois ans, moins *Les Contes de ma mère l'Oye* qu'elle nous a lus presque tous les soirs pendant un mois, en ajoutant les fables de La Fontaine…

— Les poules aiment les fables ? s'interroge Charlotte.

— T'as raison, on les enlève, ça peut faire peur. Entre les loups et les lions qui bouffent tout ce qui bouge…

— Bah oui, et les biquettes elles écoutent aussi, faudrait pas les effrayer !

Attendri, Robert n'ose pas interrompre leur petit débat. Il en a même profité pour s'asseoir sur une meule de foin et caresser Calimero qui réclame sa dose de câlins.

— Tu veilleras sur ces deux canailles, pas vrai, mon mini *scheni schnütz*[1] ?

Fidèle à lui-même, le saint-bernard opine du chef en remuant la queue.

— Tonton, si on ajoute quelques comptines, je crois qu'on devrait avoir au moins trente douze histoires à raconter ! se réjouit Charlotte.

— « Trentre-douze » me semble être un nombre parfait, répond-il avec tendresse.

Les enfants rayonnent. Robert s'accroupit et ouvre grand les bras. Les gamins s'y jettent aussitôt et le couvrent de *schmoutzala*.

— Vous avez bien fait de vous cacher dans le foin chaque été, dit-il en les enlaçant. Sans ça, personne n'aurait su quoi raconter à mes petites poulettes.

— À part Calimero, soutient Charlotte.

— Les poules ne parlent pas le même langage que les chiens, dit gentiment Robert.

— N'empêche que Calimero doit connaître tes contes par cœur, surenchérit-elle.

Le principal intéressé, surpris d'entendre son nom, remue joyeusement la queue avant de lécher la joue de Charlotte.

1. « Mon joli museau », surnom affectueux pour un chien.

— Robert, l'avion décolle bientôt et nous devons être à l'aéroport avec un temps d'avance. Il faut y aller, déclare Elsa qui vient d'entrer dans le poulailler.

Le fermier étreint une dernière fois ses neveux avant de se lever. Ça y est, les dés sont jetés. Quitter la ferme ne l'effraie plus autant, car il sait qu'il peut compter sur les enfants pour s'occuper de ses bêtes et du potager. Toutefois, le fermier est terrorisé à l'idée de découvrir un autre univers et de ne pas y trouver sa place. La perspective de décevoir Maggie le cloue au sol. S'imaginer à Londres, dans le bruit et les gaz d'échappement, tout en restant fidèle à lui-même lui semble impossible. L'Anglaise a été séduite par l'homme de la terre, celui qui parle à ses légumes et qui se lève aux aurores pour voir le soleil se lever, mais comment réagira-t-elle en le côtoyant en dehors de son univers ? Robert en a la nausée. Il se voit déjà défaillir au moindre coup de klaxon. Le bruit, la pollution, la foule… comment y échapper ? Comment les supporter sans pester, et donc sans blesser Maggie ? Car cette ville est la sienne, et repousser Londres serait comme rejeter Maggie.

— Robbie, tu te sens bien ?

Sortant de ses pensées, il prend conscience qu'il est resté un moment droit comme un I, planté au milieu des poules qui le fixent avec inquiétude. Il en a gros sur la patate, notre fermier. S'il pouvait embrasser toutes ses poulettes pour se donner du courage, il s'allongerait dans la paille immédiatement. S'envelopper de paille, de l'odeur de la ferme et du foin frais, s'oublier pour ne pas avoir à penser au sacrifice qu'il s'apprête à faire, voilà une solution tout à fait charmante.

— Tu as pris tes papiers d'identité ? s'assure Elsa qui veut briser la glace.

Robert se contente de faire oui de la tête. Il a l'impression qu'elle pèse une tonne et que son pauvre cou va céder. L'air grave, totalement mutique, il garde les yeux dans le vide.

Son accablement ne passe pas inaperçu. Elsa craint que son frère n'abandonne ses projets. Cela lui est arrivé tant de fois par le passé, si bien qu'il n'a jamais mis les pieds dans une grande ville. Mais aujourd'hui tout est différent. Une femme l'attend, et Elsa n'a aucune envie que Robert gâche la chance de sa vie.

— Les enfants, allez donc jouer dans l'allée, je dois parler à votre oncle, demande Elsa.

Les jumeaux ne se font pas prier et entraînent Calimero dans leur course. Le visage fermé, Robert sort une vieille valisette en cuir qu'il avait laissée contre la petite façade de l'abri à poules. Sa sœur a un pincement au cœur. Rien n'a changé depuis le dernier voyage de Robert. La valise est la même que lorsqu'il avait dix ans. Le cuir a vieilli avec le temps, tout comme les autocollants de football et de dessins animés qui ont fini par jaunir et se corner. Cette relique d'une autre époque donne une allure bancale au fermier. En effet, l'homme robuste et bourru a l'air d'un écolier angoissé à l'idée de faire sa rentrée.

Elsa a juste envie de prendre son frère dans ses bras pour le réconforter, mais elle sent que ce n'est pas le bon moment. Robert est coupé du monde, perdu dans ses pensées.

— Tout va bien se passer, tu verras, Londres est une ville magnifique.

Un tic nerveux secoue ses moustaches. Associer la ville à un adjectif positif est aussi inattendu que de mettre des carottes dans une choucroute. Non, décidément, Robbie préférera toujours avoir les bottes crottées de boue plutôt que de fouler les trottoirs froids et durs de la ville. Quant à voir de la beauté dans un lieu sans végétation, cela lui semble contre nature.

— Le macadam me fait mal aux pieds, finit-il par glisser dans un filet de voix.

— Tes pieds s'y habitueront, tu verras, la ville n'est pas aussi grise que ce que tu imagines…

— C'est une capitale ! coupe Robert, totalement paniqué.

— S'il y a bien une chose que tu dois retenir, c'est que les capitales sont des lieux de vie incomparables. Ne te mets pas la rate au court-bouillon, Londres n'est pas New York. Il n'y a pas d'immenses boulevards, pas de buildings à tous les coins de rue, les voitures roulent en nombre limité… Vraiment, pour un homme comme toi, c'est la ville idéale pour commencer une nouvelle vie.

Robert peine à imaginer le tableau que lui peint sa sœur. Gamin, il avait souhaité y aller, mais il a perdu cette envie le jour où il s'est retrouvé orphelin. Pourtant, il va bien falloir qu'il fasse un effort, mettre son passé de côté et se faire violence pour retrouver Maggie. Il a déjà vu des photos de Londres. N'importe qui y verrait une ville dynamique et charmante, sauf qu'ils ne s'attardent que sur des détails qui lui hérissent le poil. Les façades lui semblent trop grises, les trottoirs trop froids, les arbres trop absents et dépourvus d'oiseaux. Non, vraiment, la ville est aux antipodes de sa ferme si chaleureuse et réconfortante.

— Mais il y aura des gens partout, du bruit, pas d'animaux ! Juste des citadins qui déambulent le nez collé à des écrans ! Je ne veux pas de ça, je n'en ai pas la force.

— Même pour Maggie ?

Les arguments de Robert retombent aussi vite qu'un soufflé sorti trop tôt du four.

— Alors, tu vas y aller ? insiste Elsa qui a remarqué un changement dans l'attitude de son frère.

Il hoche doucement la tête. Quel que soit l'endroit où elle se trouvera, il sait que Maggie l'égayera et le rendra plus coloré. Elle est bien parvenue à rendre sa ferme plus agréable alors qu'il était à mille lieues de penser qu'elle avait besoin de changements. Si elle a pu transformer son propre cœur, si gris et terni par des années de solitude, il est possible qu'elle soit capable de lui faire apprécier la ville.

— Allons-y, dit-il en empoignant sa valise.

D'un pas décidé, ils rejoignent la voiture où sont installés Hassan et Fatima. Ces derniers leur ont laissé la banquette arrière. Le cœur lourd, Robert voit sa ferme disparaître derrière un nuage de poussière. Il faut dire que Fatima est une excitée du volant et qu'elle malmène les vitesses de la petite Twingo d'Elsa. Cette dernière ne lui en tient pas rigueur, car elle n'est pas meilleure conductrice. C'est pour cela qu'elle lui a laissé le volant, mais aussi pour être près de son frère à qui elle tient la main depuis le début du trajet vers l'aéroport.

Immobile, il fixe la minuscule valise en cuir brun posée sur ses genoux. Petit garçon, Robert l'avait couverte d'autocollants en tous genres. Voir la moitié de sa collection Panini aux couleurs de son équipe de football favorite le fait sourire douloureusement. A-t-il raté sa vie en refusant de quitter la ferme ? Le petit garçon qui collectionnait les vignettes aurait adoré partir à Londres, c'était l'un de ses rêves. Il s'était vu des dizaines de fois en train de traverser Abbey Road et de fouler le passage piéton des Beatles. Puis il y avait eu l'accident, suivi d'un long enfermement dans un univers réconfortant, millimétré. Pierre par pierre, il avait construit un mur entre lui et le monde extérieur. C'était sa façon de se protéger, et Maggie l'a brisé à coups de rires et de couleurs vives. Il pensait être heureux, avoir choisi un mode de vie à son image ; il s'était trompé.

— Tu es très courageux, murmure Elsa.

— La dernière fois que je suis parti aussi loin, papa et maman étaient encore vivants.

Elsa lui caresse la main. Il ne la repousse pas. Il a besoin de contact pour ne pas s'effondrer.

— Ils seraient très fiers de toi. Moi, je le suis.

— Pourquoi devraient-ils l'être ? Je suis un vieux célibataire incapable de vivre dans le monde réel.

— Tu as su dépasser ta peur des autres et tu pars enfin à la découverte du monde. Tu es bien plus courageux que tu ne le crois.

Robert ferme les yeux et pense à tout ce qu'il a vécu. Les visages souriants de Fatima et Hassan accompagnent ses souvenirs. Toutes ses années d'enfermement et de solitude n'ont pas entamé son cœur d'artichaut. Robert aime les gens. Passionnément, sans limites, et c'est pour cela qu'il les a toujours repoussés. Car ce genre d'amour fait peur, reste incompris, au point de provoquer moqueries et quolibets. Sauf que Robert n'a plus dix ans. Il n'a plus rien à prouver et sait à présent qu'il peut être aimé pour ce qu'il est.

— La ferme ira très bien sans toi, le rassure Elsa. Calimero veillera à chasser les martres, les jumeaux arroseront tes légumes, et je serai là pour nettoyer les fanes de tes carottes. Toujours dans le sens du « cheveu » et avec douceur.

— Tu ferais ça pour moi ?

Elle lui embrasse la joue avec tendresse.

— Je le ferai pour elles, répond-elle doucement. Tu vas leur manquer, alors à moi de prendre le relais.

— Quand je serai revenu, j'aimerais passer quelques jours de vacances avec toi et les enfants. Je crois que j'en ai besoin.

Elsa ne peut retenir ses larmes.

— Tu es sincère ? Tu arriverais à supporter les gosses et le bruit ?

— S'ils me laissent regarder tranquillement *Questions pour un champion*, alors je suis prêt à tout, répond-il malicieusement.

— Crois-moi, ils le feront ! s'exclame-t-elle en le prenant dans ses bras.

Quelques minutes plus tard, la voiture s'arrête sur le parking de l'aéroport Bâle-Mulhouse. Il ne reste que très peu de temps à nos trois amis pour enregistrer leurs bagages et monter à bord. Robert étreint une dernière fois sa petite Elsass', si fort qu'il l'écrase contre son cœur. La prendre dans ses bras lui apporte une telle force, une telle volonté, qu'il la quitte d'un pas léger, et le sourire aux lèvres.

— Allez, c'est parti, maintenant, lui dit Fatima en posant une main dans son dos.

Collé à Fatima, le fermier se coupe du bruit du hall principal. Il doit se faire une bulle pour supporter de marcher dans un lieu entièrement clos. Tout n'est que verre et acier, des matières froides et sans vie.

— Concentre-toi sur le positif, ça va aller, murmure-t-il.

Enfin, le fermier ferait mieux de se concentrer sur ses pas car le voilà qui s'emmêle les pinceaux sur le tapis roulant qui mène à leur embarquement.

— *'Tomi* ! C'est quoi ce bazar ! Les gens ne savent plus utiliser leurs jambes ?

Fatima éclate de rire avant de lui expliquer l'intérêt de soulager les usagers qui ont de gros bagages. Incrédule, Robert ronchonne lorsqu'il découvre les distributeurs de boissons et de sandwichs. Il fait la grimace, se demandant comment on peut manger de la nourriture enfermée dans une boîte de conserve pendant un temps interminable.

— Monsieur, voici votre billet, lui annonce l'hôtesse.

Il saisit le papier et suit Fatima et Hassan qui montent à bord de l'avion. Robert n'a pas encore pris conscience de ce qui l'attend, et c'est avec assurance qu'il prend sa place et suçote une réglisse. Moins de trente minutes plus tard, les moteurs se mettent en route dans un vrombissement qui lui déchire les oreilles.

Les mains scotchées aux accoudoirs, Robert serre les fesses alors que l'avion file à vive allure sur la piste de décollage.

— *Jesus Gott !* Il va rouler comme ça jusqu'à Londres ?

— Ne vous en faites pas, Robbie, l'avion prend juste de la vitesse pour pouvoir décoller. Détendez-vous, le rassure Fatima.

— Je ne peux pas me détendre alors que mes boyaux sont secoués comme un prunier ! C'est impo...

Robert ouvre grand la bouche. L'avion s'envole, ce qui occasionne une jolie migraine au fermier frappé par une impressionnante montée d'adrénaline. Choqué, il ferme les yeux un court instant pour se remettre. Sauf que l'instant en question s'allonge, car il n'a pas dormi de la nuit. Lorsqu'il rouvre les yeux, il découvre qu'il est loin de chez lui.

— *Do you want some duty free*[1] ? lui propose une charmante hôtesse qui passe avec son chariot.

Les paupières lourdes de sommeil, Robert répond en bâillant :

— Non merci, pas de jus de fruits pour moi, j'ai déjà bien assez mal au ventre.

Hassan étouffe un fou rire et est aussitôt calmé par sa mère qui lui donne un petit coup de coude dans les côtes. Robert, trop pris par la contemplation du hublot, n'a pas conscience qu'il vient de faire une bourde. Un sourire en coin, l'hôtesse continue sa tournée.

— Encore une petite demi-heure et nous y serons, indique Fatima.

La gorge nouée, Robert reste cramponné aux accoudoirs. Le temps s'étire à mesure que son angoisse grandit. Du hublot, la vue sur la campagne a disparu. L'avion plane tranquillement au-dessus d'un paysage urbain. Londres se dessine vaguement sous les nuages et dans la brume. Le cœur de Robert bat très fort. La ville de Maggie l'appelle.

---

1. Désirez-vous un produit détaxé ?

18

Les écureuils de St James's Park sont de vrais farceurs

L'arrivée au London City Airport glace le sang de Robert. Dans ses pires cauchemars, il ne pouvait imaginer une vision aussi triste et écrasante que celle qu'il découvre du hall de l'aéroport. L'avion a atterri sur une piste minuscule, au cœur d'un décor industriel.

Robert en a la chair de poule. Debout dans le hall principal, il attend sa valise tout en gardant les yeux rivés sur la baie vitrée. Derrière se trouve un monde de buildings d'acier, de grues et de cheminées d'usine. La froideur de ce décor l'assomme.

— Votre valise est arrivée, lui indique Hassan qui vient de récupérer son bagage.

— Je savais que je détesterais la ville, mais je ne pensais pas que ce serait si laid.

— Oh ! Nous sommes à quinze bons kilomètres du centre-ville, lui assure Hassan. Ici c'est le côté moche !

— Ne vous en faites pas, ce que vous voyez n'a rien à voir avec le reste de la ville, poursuit Fatima.

Robert balance machinalement sa valise sans quitter le paysage industriel des yeux. *Comment une femme aussi gaie que Maggie peut-elle avoir grandi dans un tel décor ?* se demande-t-il alors que Fatima l'entraîne vers un portique menant au DLR[1].

Cette dernière passe devant lui grâce à son *Oyster card*[2] avant de l'inviter à faire de même avec un ticket à la journée.

— Allez-y, il suffit de poser votre carte sur le capteur. L'ouverture est automatique, explique Fatima.

— Automatique, peste Robert, les gens n'ont pas de mains pour ouvrir les portes ?

— L'entrée est payante, la carte nous permet de prendre les transports en commun, dit Hassan.

Robert manque de s'étouffer avec sa réglisse.

— Vous n'allez pas me faire prendre le métro, j'espère ? Je n'y survivrai pas !

— Robert, il y a du monde qui attend derrière vous, validez donc votre ticket et suivez-nous, temporise Fatima qui se trouve de l'autre côté de la barrière.

— Je suis sérieux ! Si je dois vous suivre, il va falloir que l'on se passe du métro. Je ne veux pas être sous terre. Sans soleil, sans air, sans...

1. Train aérien permettant la navette jusqu'au centre-ville.
2. Carte pour les transports en commun à Londres.

Robert n'arrive plus à respirer. Les joues bouffies et rouges d'angoisse, il halète douloureusement. Hassan l'attrape par le bras et le fait asseoir sur le côté. La tête dans les mains, le fermier se balance pour se rassurer.

— Calimero, Davy, Croquette, Elsa, répète-t-il afin de retrouver ses repères habituels.

Quelques curieux se sont approchés et tentent de savoir ce qui arrive au grand moustachu à l'accent *frenchie*, mais Fatima s'occupe déjà de les renvoyer.

— Robert, tout va bien, vous faites une petite crise d'angoisse, dit-elle en s'agenouillant devant lui.

— Calimero, Davy, Croquette, Elsass'...

— Vous allez les retrouver, lui assure-t-elle après lui avoir pris les mains. C'est normal que vous ayez peur, cet endroit est tout à fait différent de ce que vous avez l'habitude de voir. Tout va bien, nous allons retrouver Maggie dans moins de deux heures.

Le fermier hoche difficilement la tête. Il aimerait se lever, faire comme si de rien n'était et se fondre dans la masse, or cela est impossible. Robert se sent à l'écart. Il ne peut pas entrer dans le moule. Suivre les gens et prendre le métro pour s'enfoncer sous terre, loin des arbres, du ciel et de l'air frais semble une torture.

— Je refuse de prendre le métro, dit-il à nouveau.

— Nous rejoignons la ville avec le DLR, il s'agit d'un train qui passe au-dessus de la ville.

Nous serons en hauteur, et vous verrez la lumière du jour. Une fois dans le centre, nous irons à St James's Park à pied. Ce sera plus long que prévu mais je vais envoyer un message à Maggie pour l'en informer. Ça ira ?

Rassuré, Robert fait oui de la tête et accepte la main que lui tend Fatima. Sous les regards étonnés des voyageurs, ils franchissent à nouveau les portiques et valident leurs tickets. Encore assommé par la peur, le fermier s'assied docilement à bord du train et se laisse emmener loin de l'aéroport.

Fatima lui tend une bouteille de jus de pomme qu'il refuse du dos de la main. Robert n'est pas du genre à boire de l'industriel, il se contentera d'eau jusqu'à son retour en France.

— Vous devriez prendre un peu de sucre, après toutes ces émotions.

— Je préfère tomber dans les pommes que d'avaler ce machin, ronchonne-t-il.

— Comme vous voudrez, dit-elle avant de boire une petite gorgée. Profitez de la route pour dormir un peu et reprendre des forces, nous allons devoir marcher un moment pour rejoindre le parc.

Hassan ne s'est pas fait prier et somnole, la tête sur les genoux de sa mère. Quant à Robert, il s'accoude près de la vitre et reste silencieux, le regard vide. Le paysage ne s'arrange pas au fil des kilomètres. Le fermier ne voit que grisaille, buildings et voies ferrées. La déception se lit sur son visage.

— Vous verrez, St James's Park est une merveille, lui assure Fatima qui a remarqué sa mine déconfite.

— De toute façon, je ne suis pas venu ici pour faire du tourisme, je viens chercher Maggie, c'est tout.

— Je crois que vous n'avez pas compris le message de Maggie. Elle vous a demandé de venir pour vous faire découvrir de nouveaux décors, pas pour que vous la rameniez dans le vôtre.

— Je n'y suis pour rien si cette ville est aussi laide qu'inintéressante.

Fatima n'entre pas dans les détails, de toute façon Robert est trop négatif pour dialoguer. Et puis, la citadine croit au pouvoir de sa ville d'adoption. Pour le moment, il est difficile de voir ses qualités à travers la vitre sale d'un train en marche, mais elle sait qu'une fois dehors Robert tombera sous son charme. Ce n'est plus qu'une question de minutes avant que la magie n'opère.

Peu avant l'arrivée en gare, Fatima réveille Hassan qui bave copieusement sur son jean. Elle sourit devant l'air béat de son fils, tout heureux de retrouver la ville dans laquelle il a passé ses dernières années.

— Enfin de retour ! s'exclame-t-il en s'étirant.

Robert fait la moue. Après avoir vu Hassan à l'œuvre dans son jardin, il n'arrive pas à comprendre ce qu'un gamin amoureux de la nature peut trouver d'attrayant au verre et au béton.

Il ressentirait presque de la déception s'il ne s'était pas attaché à lui.

— Allez, m'sieur Walch ! On y va !

Robert suit le mouvement sans réellement regarder autour de lui. Poussé par la foule qui se dépêche de rejoindre la rue, il grogne à chaque coup de coude. Lui qui ne côtoie que des bêtes tendres et affectueuses ne peut que pester devant le manque de civisme des Londoniens.

— Vous devriez marcher plus vite et regarder où vous mettez les pieds, lui conseille Fatima. Les gens sont pressés de rentrer chez eux et vous ne leur facilitez pas la tâche.

Autant secouer un cerisier sans fruits ! Le fermier ne réagit pas, au contraire, il continue de ralentir le rythme et se heurte aux Londoniens. Cet ours mal léché traîne la patte ainsi que sa mauvaise humeur, et c'est dans un silence aussi lourd que gênant qu'il suit Hassan et Fatima dans les rues de la ville.

Les yeux rivés sur ses chaussures, il regarde à peine autour de lui. Sa petite virée à Eguisheim ne l'a pas préparé à supporter la cacophonie de la capitale anglaise. Les petites rues du village lui manquent. Ici tout n'est que grands boulevards, taxis noirs et bus rouge vif.

Les bouches de métro déversent un flot continu de voyageurs accrochés à leur smartphone. Robbie en a la migraine. Il finit par fermer définitivement les yeux et s'accrocher au bras de Fatima. Tel un Bushman dans la brousse, il avance prudemment. Tout l'irrite. Le bruit des moteurs lui écorche les oreilles, et, pire encore, c'est l'absence du chant des oiseaux qui domine le brouhaha citadin.

Ses sens sont agressés, mis à l'épreuve. Il lui faut de l'air, le parfum du foin, les effluves entêtants d'un bon tas de fumier ! La ferme lui manque tant qu'il se roulerait dans la paille des poules pour s'imprégner de leur odeur.

Son odorat est si maltraité qu'il ne prend pas la peine d'ouvrir les yeux. Les relents de gasoil et d'huile de friture inhibent toute curiosité. *Comment Maggie peut-elle vivre dans un tel endroit ?* se demande-t-il alors qu'il bute contre le trottoir.

— Gardez les yeux ouverts, Robbie, vous allez vous faire mal, lui conseille gentiment Fatima.

— Et puis vous ratez tout ! s'exclame Hassan.

Robert persiste et garde les paupières closes.

— M'en fiche de cette ville, je veux voir Maggie.

— Maggie nous a donné rendez-vous pour le goûter et il est déjà 15 heures. Allez ! Faites un effort, on est presque arrivés ! l'encourage Fatima.

— Un effort ? Je n'en fais pas déjà un en étant ici ? Dans cette ville, au milieu des voitures, des immeubles, de... de...

Robert ne trouve plus les mots. Il vient d'ouvrir les yeux, et ce qu'il découvre lui coupe le sifflet. Devant lui se dresse l'imposante silhouette de Buckingham Palace. Un château de conte de fées dans un écrin de verdure. Cette fois la magie opère. Le fermier ne peut que rester silencieux et admirer le merveilleux portail du splendide monument d'un blanc immaculé.

— Le parc se trouve juste à côté, Maggie doit s'impatienter, lui rappelle Fatima.

Docile, Robert suit ses amis, qui empruntent une allée de terre battue pour rejoindre l'entrée du célèbre parc royal. Et pour être royal, il l'est sacrément ! Jamais dans ses rêves les plus fous Robert n'a pu imaginer une telle harmonie botanique. Tout est organisé de façon à créer un ensemble parfaitement maîtrisé.

Les petites allées sinueuses du parc sont une invitation à la détente et au lâcher-prise. Robert ne peut résister à la douce attraction de ce lieu. Marcher dans St James's Park, c'est côtoyer la nature au cœur de la ville, se ressourcer dans un poumon de verdure où chaque fontaine, chaque point d'eau a une place de choix.

— *Jesus Gott*, murmure Robert qui s'est accoudé à la rambarde d'une coquette passerelle donnant sur l'étang principal, d'où jaillit une immense fontaine.

En arrière-plan, l'immense roue *London eye* jette son regard d'acier sur le parc. Robert ne la quitte pas des yeux. La roue a quelque chose d'hypnotique. Ce géant aux rayons lumineux brille sous le soleil de cette mi-journée. Robert s'étonne d'apprécier ce monument étrange qui semble tomber tout droit de la bicyclette d'un géant. Comment ne pas succomber au charme de ce décor parfaitement intégré dans la ville ? Cette fois Robert retrouve ce qu'il a aimé au premier abord chez Maggie. Londres est bien à son image. Moderne, douce et naturelle à la fois.

Tout sourire, Hassan et Fatima se pressent à ses côtés et envoient quelques croûtons aux pélicans qui batifolent sur les eaux vertes et envoûtantes de l'étang. Robert découvre une nouvelle faune, pleine de caractère et typiquement londonienne. Des oiseaux en tous genres peuplent le parc et viennent chiper des morceaux de pain aux visiteurs. Et puis il y a les écureuils. Joueurs et taquins, ils se pourchassent d'arbre en arbre, attirant les touristes qui les appâtent en leur offrant diverses sortes de noix.

Perché sur la rambarde, un rongeur au minois adorable prend place à quelques centimètres de l'Alsacien.

— Salut toi, tu as l'air d'avoir faim, dit Robert qui fouille dans ses poches pour en sortir un sachet.

L'écureuil tend l'oreille et écoute le chant des graines qui glissent les unes contre les autres.

— Tu as de la chance, je garde toujours sur moi des friandises pour les poules. J'ai dû les emporter sans m'en rendre compte, explique-t-il en en versant une partie dans la paume de sa main.

Sans gêne, l'écureuil se jette sur la main de Robert pour y picorer les graines de tournesol qu'il décortique avec habilité.

— Vous devriez ranger votre sachet, les écureuils ont un sacré appétit, prévient Fatima.

— Laissez-le donc manger tranquillement, ce petit *spitzbüeb*[1] a besoin de se requinquer.

---

1. Se prononce « schpitzpup » : filou, fripon.

Sauf que le *spitzbüeb* en question a déjà alerté la moitié de ses congénères, qui montent sur la rambarde et se pressent autour de Robert pour obtenir une friandise à leur tour.

— Je vois que tu as appelé tous tes copains, constate Robert qui verse à nouveau la moitié du sachet dans sa main.

Le bruissement des graines affole la dizaine d'écureuils. Très vite, les rongeurs se ruent sur la main de Robert et dévorent tout ce qu'elle contient. Assailli, Robert n'ose pas bouger de peur de faire mal à ses protégés qui tirent sur ses moustaches ainsi que sur les boucles de ses cheveux.

— Du calme, les petits, du calme, dit-il doucement.

Peine perdue. Les écureuils s'agitent en sentant la bonne odeur de foin que dégage le fermier. Certains frottent même affectueusement leur joue contre lui.

— Ah ! Maggie est juste là-bas ! s'exclame Hassan qui s'est hissé sur la rambarde pour voir plus loin.

Robert tente de faire de même, mais il est gêné par ses nouveaux compagnons qui filent d'une épaule à l'autre et se disputent les restes de leur festin.

— Robert, faites un effort, débarrassez-vous de ces bestioles, que l'on puisse rejoindre Maggie, s'impatiente Fatima.

Le fermier fait un pas en arrière, refusant de façon catégorique que Fatima retire les écureuils qui se sont nichés dans ses cheveux et dans les poches de sa veste. Utiliser la force sur un animal est contre ses principes. Autant laisser ses compagnons à fourrure se lasser de leur perchoir.

— Ohé ! Maggie ! On est là ! crie Hassan en levant les bras.

Effrayés, les écureuils s'agitent et sautent au visage de Robert qui se débat alors que deux d'entre eux s'agrippent à ses moustaches.

— *Kopfklemi*, Hassan ! Tu ne pouvais pas crier plus fort encore ?!

Et voilà le pauvre fermier obligé de marcher à vive allure pour forcer les écureuils à partir. Presque aveuglé par leurs épaisses queues rousses, il voit à peine où il met les pieds et est incapable de distinguer Maggie qui avance droit sur lui, les bras chargés d'un plateau couvert de scones au citron.

— *Hopla !* Vous avez mangé un bon *stück*[1] alors laissez-moi, maintenant ! s'impatiente Robert qui secoue les bras pour faire tomber ses assaillants poilus.

Et là, c'est le drame, ou la cerise sur le gâteau ! Robert se prend les pieds dans une motte de terre et fait un vol plané qui permet aux écureuils de lâcher prise et de s'enfuir à toute allure. Il tente de se redresser et s'effondre dans les bras de Maggie qui en perd son plateau.

— *Mein Gott !* Maggie ! s'exclame-t-il.

Maggie se réceptionne du mieux qu'elle peut dans l'herbe humide et éclate de rire en voyant Robert qui s'étale sur les scones éparpillés.

1. Morceau.

Les moustaches maculées de crème, il se redresse puis aide Maggie à se lever à son tour. Le cœur du fermier n'est plus qu'une joyeuse fanfare de foire tant il est heureux de retrouver l'Anglaise en de pareilles circonstances.

— Je crois que vous m'avez à nouveau baptisé, plaisante-t-il en essuyant la crème qui lui colle au nez. Je vais finir par croire que vous le faites exprès.

— Peut-être bien. Je vous trouve un charme fou avec vos moustaches couvertes de crème au beurre.

Sous le regard complice de Fatima et Hassan, l'Anglaise se penche sur le fermier solitaire pour déposer un baiser gourmand au bord de ses moustaches.

— Bienvenue en Angleterre.

— Rassurez-moi, vous ne recevez pas tous les touristes de cette façon ?

— Seulement ceux qui séduisent les asperges violettes, répond-elle en lui adressant un clin d'œil.

Cette fois ce n'est plus une fanfare, mais tout un orchestre qui secoue la poitrine de Robert. Une fantastique sarabande envahit son cœur. Tout est parfait. Le *timing*, la crème au beurre, le soleil filtrant entre les branches des arbres. Toute l'atmosphère du parc s'accorde à cette tendre émotion qui l'envahit entièrement. Robert ne peut plus faire demi-tour, ne peut nier l'évidence. Il est éperdument amoureux.

Épilogue

English Breakfast

La voiture a roulé toute la nuit. Emmitouflé dans un plaid d'une douceur incomparable, Robert est resté éveillé pour observer Maggie. Au volant d'une petite anglaise à deux places, elle se concentre sur la route de campagne.

L'aube se lève. Tout autour d'eux, la campagne s'étire indéfiniment, révélant des plateaux de champs à perte de vue. Robert a l'impression de vivre dans une autre dimension. Difficile de croire qu'il était encore en France la veille et qu'il se trouve dans une minuscule voiture qui l'emmène jusqu'au cottage des Tyrell, à des kilomètres de Londres.

Cette escapade est une bouffée d'oxygène pour le fermier. Après une journée entière passée en ville, il a montré des signes de lassitude. Sans même prendre le temps de prévenir sa mère, Maggie l'a pris sous son aile pour l'emmener au grand air, loin de Londres et de son agitation.

Restés sur place, Hassan et Fatima les ont regardés partir avec la satisfaction du devoir accompli.

Seuls, Robert et Maggie ont roulé pendant des heures sans parler, heureux d'être là l'un pour l'autre et d'apprécier le calme du voyage. Le fermier ne ressent pas le besoin de s'exprimer. Son bonheur se lit sur ses traits détendus. Jamais il n'a éprouvé une telle plénitude. Il se sent bien, en accord avec le paysage endormi qu'ils traversent et avec la tranquillité de la femme qui lui caresse tendrement la main. Il ignore de quoi sera fait son avenir avec Maggie, mais cela ne l'inquiète pas. Il ne pense plus qu'au bonheur d'être avec elle, à celui d'oser enfin s'ouvrir à ceux qui savent lire son cœur. Elsa, David et Charlotte peuplent ses pensées tandis que la voiture se rapproche du village natal de Maggie. Ce voyage, il le fait avec eux, car il les a emportés avec lui. Son amour de tonton et de frère grandit à mesure que ses sentiments pour Maggie se tissent. Robert n'a plus peur d'aimer, ni de vivre. Une femme sera là pour lui tenir la main, pour le respecter et lui faire découvrir un monde nouveau.

— On arrive, déclare-t-elle en réduisant son allure.

Robert n'en croit pas ses yeux tant le lieu est fidèle à la description que Maggie lui avait faite lors de son séjour en Alsace. Perdu dans la brume matinale, le cottage de la famille Tyrell semble sortir d'un conte pour enfants. Assis à l'avant de la voiture, le nez collé à la vitre, Robert observe la minuscule bâtisse faite de briques élimées par les saisons.

Une simple clôture en bois blanc délimite les contours de la propriété, mais elle est si basse qu'un lièvre pourrait la franchir d'un seul bond. Cette pensée fait sourire Robert qui apprécie la simplicité du cadre et la douceur qui en émane.

C'est ici que Maggie a grandi. Dans une minuscule bâtisse perdue dans le Yorkshire et uniquement accessible par un chemin de terre qui esquinte les amortisseurs et les reins de tout ce qui s'y aventure.

Encore groggy du voyage, Robert sort de la voiture et découvre la maisonnette. Les volets sont ouverts, comme si les habitants souhaitaient garder un maximum de lumière et de chaleur. Les petites fenêtres sont décorées de jolis rideaux blancs. Le fermier n'a aucun mal à imaginer une grand-mère aux doigts de fée faisant son crochet devant la cheminée.

— Nous y sommes, annonce Maggie qui entoure la taille de Robert de son bras. Ne tentez pas de vous enfuir, cela ferait mauvaise impression.

— J'ai pris l'avion pour vous rejoindre, je ne vois pas ce qui pourrait m'effrayer plus que cela !

Maggie lui adresse un petit clin d'œil avant de le guider jusqu'au porche, sous lequel se trouve une chaise à bascule. Un panier avec des pelotes de laine, une boîte à biscuits et des mots fléchés sont posés à ses pieds.

— Prêt ? demande Maggie.

Il lui répond d'un hochement de tête. Pour la première fois de sa vie, Robert est à l'aise dans un endroit étranger. Le cottage est à l'image de Maggie, ce qui le rassure et le met en confiance.

Maggie pousse la porte de la maison, car il s'agit d'un de ces lieux de vie qui reste toujours ouvert et accueillant. Une merveilleuse lumière tamisée accueille Robert. Pendant un instant, il ne voit plus que les flammes des lampes à pétrole posées sur un buffet au style campagnard.

De légers tintements de couverts leur indiquent que la cuisine est occupée. Tout sourire, Maggie prend Robert par le coude et lui fait traverser le joli salon. Le fermier a à peine le temps d'apprécier la vue du canapé vert olive, sur lequel sont posés une multitude de coussins brodés, qu'il se retrouve dans la salle à manger.

Robert reste planté dans l'encadrement de la porte. Deux femmes en robe de chambre sont assises à une petite table en noyer couverte d'une nappe aux broderies bucoliques. Une troisième femme, vêtue de façon plus coquette, leur tourne le dos et cuit des saucisses dans la cuisine. Tout à leur plaisir de déguster un succulent petit déjeuner, elles mangent dans un divin silence sans remarquer la présence de Maggie et Robert.

— Tu vois la dame qui est à l'écart ? C'est ma mère, glisse Maggie à l'oreille du fermier.

Ce dernier frissonne. Ce n'est pas tant la proximité des lèvres de l'Anglaise qui le fait frémir, mais ce tutoiement si naturel qu'elle utilise pour la première fois.

— La plus jeune des femmes en robe de chambre est ma tante, elle vit ici depuis la mort de son mari.

Absorbées dans leurs occupations, les trois femmes ne remarquent pas Maggie. Sa mère n'a pas plus de soixante-dix ans. Elle a été enceinte très jeune et a davantage l'allure d'une grande sœur que d'une maman. Son look – jean, chemisier blanc, cravate noire – y est pour beaucoup. Rien à voir avec la tenue excentrique de sa fille. Suzie Tyrell est une femme branchée, dynamique et souriante, le genre de personne qu'Elsa affectionne tout particulièrement. Quant à Katy Tyrell, sa sœur, elle lui ressemble comme deux gouttes d'eau. Une petite année d'écart sépare les deux sœurs, et il est impossible de déterminer qui des deux est l'aînée. Seule leur tenue permet de les distinguer, car Katy s'est contentée de garder une robe de chambre d'un blanc immaculé pour prendre le petit déjeuner.

La famille est presque tout entière attablée et vit selon ses habitudes. Droit comme un I, Robert observe la mère de Maggie qui grille des saucisses. Cette ambiance entièrement féminine l'enveloppe d'un doux cocon maternel.

— Et la grand-mère qui boit son thé, qui est-ce ? s'enquiert Robert.

— C'est Mamie Sue, répond Maggie en souriant. Elle a eu quatre-vingt-quinze ans le mois dernier. Trois générations de femmes se trouvent dans cette pièce, tu te rends compte ?

Robert en a le souffle coupé. La mamie occupe tout l'espace de son aura bienveillante.

Son regard brillant est aussi mutin que celui de Charlotte et de David. L'enfant qu'elle était l'habite toujours et lui donne un teint merveilleusement frais. Coquette, elle a enfilé une chemise de nuit rose avec des fleurs bleues mais ne s'est pas embêtée à retirer les bigoudis qui tanguent au bout de ses longues mèches blanches.

La mère de Maggie coupe le gaz et verse les saucisses dans un plat en porcelaine. Robert apprécie ce genre d'attention. On a souvent tort de penser que la nourriture ne demande pas d'égards, et la présenter dans une belle vaisselle est une preuve de respect. Surtout envers des *werstla*[1] !

— Maggie ! s'exclame sa maman en la découvrant.

Elle pose le plat et se jette dans les bras de sa fille. Inutile de réclamer une traduction en français, Robert comprend très bien le langage des sourires. Et puis les langues étrangères ne l'ont jamais ennuyé, au contraire. Elles lui permettaient de mieux se couper du monde, et surtout de s'attacher bien plus aux expressions du visage qu'aux mots.

— Venez donc à table, vous devez être affamés ! s'exclame la mère de Maggie dans un français parfait.

L'estomac de Robert répond à sa place. Un peu gêné, il s'assied face à la grand-mère, qui tartine une énorme tranche de pain avec du beurre. La taille est tout à fait adéquate pour un exercice

1. Petites saucisses, dit affectueusement.

de plongée dans un bol de thé au lait. Robert flaire la professionnelle. Les adeptes de la gymnastique marmeladienne doivent se reconnaître entre eux car la grand-mère lève les yeux de son thé et scrute Robert avec un air de défi.

Sa coquetterie prête à sourire. Deux bigoudis roses se balancent à des mèches rebelles et menacent de faire un saut dans son thé. La mamie n'y prête aucune attention. Trop occupée à fixer le fermier alsacien, elle ne le quitte pas d'un cil.

— Servez-vous, lui propose-t-elle en anglais.

Robert n'a pas besoin qu'on lui fasse la traduction pour saisir le sens de l'invitation. Très sérieux, il entame son rituel en s'emparant d'un gros morceau de pain qu'il couvre de beurre et de confiture d'oranges. La mamie garde l'œil sur lui. Ce n'est plus qu'une question de secondes avant qu'elle ne mette sa tartine à tremper.

Robert attend le top départ. Le beurre recouvre parfaitement la surface du pain, la marmelade a pris sa place, il ne manque plus qu'un bon bol de thé au lait pour lancer l'imperturbable rituel des trempeurs.

Les mains à plat sur la table, le fermier patiente. On y est. Le thé est servi. Même si elle a la tremblote, la mamie ne perd pas le fil et saisit la tartine à deux mains avant de la poser à la surface de son bol. Notre Alsacien fait de même.

Tous les regards sont rivés sur eux. Personne n'ose couper cette étrange confrontation matinale. Robert a l'impression d'être un personnage de western. Un Clint Eastwood à la gâchette facile prêt à dégainer sa biscotte. Ce sera à celui qui la récupérera sans éclabousser la nappe dominicale.

Avec ses bigoudis qui se balancent sur ses joues, Mamie Sue part avec un léger handicap. Si l'un d'eux tente un plongeon, elle sera disqualifiée et l'Alsacien gagnera la partie. Les règles ont été établies sans un seul échange de paroles. De toute façon, l'anglais de Robert ne lui permet pas de communiquer verbalement. Les codes du jeu sont universels et ne demandent aucune traduction. Il leur a suffi de constater que l'un et l'autre s'étaient lancés dans une partie de pêche à la tartine pour que le duel s'installe.

Ils ne se quittent pas des yeux. Mamie Sue tient bon. Son pain bien calé au fond de son bol, elle le maintient à deux cuillères pour l'empêcher de partir en bouillie. Robert admire son esprit sportif. La grand-mère a gardé le goût du jeu. S'amuser avec elle procure au fermier une douce impression d'être chez lui, d'avoir trouvé une personne capable de rire de petits riens loin des conventions du monde extérieur.

— À ta place, je déclarerais forfait, murmure Maggie à son oreille. Mamie Sue dégaine plus vite que son ombre.

Le souffle de Maggie lui glisse dans le cou, si bien que Robert en frissonne de la tête aux pieds. Attentive à ses moindres réactions, Mamie Sue en profite pour élever le pain mollasson au-dessus de son bol et le gober en un « slurp » tonitruant. Le genre de « slurp » qui aurait fait hurler Elsa, et qui provoque l'hilarité de Robert.

— *You've lost !* s'esclaffe-t-elle comme une enfant.

C'est un fait, Robert a perdu. Sa tartine se décompose entièrement. La mie gonfle et se gorge de liquide, un peu comme le cœur du fermier qui se remplit d'une merveilleuse allégresse.

La main de Maggie ne quitte plus la sienne. Robert oublie sa tartine, son rituel et ses petites habitudes. Reconnaissant, il observe ce qui reste de son pain aussi avide de thé que son cœur l'est d'amour.

Car chaque cœur, même le plus solitaire, a besoin d'une âme sœur. Et parfois, un simple petit déjeuner de l'autre côté de la Manche peut faire des miracles.

Baeckeoffe façon Robert

1 nuit de repos au frais
3 heures de cuisson minimum dans une terrine alsacienne ou un moule Römertopf

Ingrédients pour 4 à 6 personnes

- 500 g de porc (choisir pieds de cochon/échine/épaule)
- 500 g d'épaule d'agneau désossée avec soin
- 500 g de poitrine de bœuf désossée
- 1 kg de pommes de terre bien douces, tendres et charnues
- 250 g d'oignons qui font gentiment pleurer
- 2 gousses d'ail
- 50 cl de vin blanc d'Alsace sec (minimum ! Il faut couvrir toute la viande au moment de la marinade et en avoir le lendemain pour une nouvelle trempade, *hopla* pour 2 bouteilles de bon pinot)
- 300 g de carottes coupées en rondelles pour faire les belles

- 150 g de poireaux
- 1 bouquet garni pour faire rougir les carottes (persil, thym, laurier)
- Sel et poivre

Couper la viande en jolis morceaux (un peu plus gros que pour un bourguignon), tout mettre dans un grand saladier et couvrir de vin. Ajouter les carottes et les poireaux, l'oignon, l'ail ainsi que le bouquet garni.

Laisser mariner 24 heures au frais.

Le lendemain, faire chanter les pommes de terre en les coupant finement à la mandoline comme pour un gratin dauphinois. Dans le Römertopf, disposer une couche de pommes de terre, puis une couche du mélange viandes/légumes préparé la veille. Mouiller de nouveau avec du vin. Renouveler l'opération en finissant avec une couche de pommes de terre salées et poivrées.

Luter le couvercle du moule avec un mélange de farine et d'eau pour préserver la cuisson.

Cuire dans un four – idéalement dans un vieux four de boulanger – durant 3 heures.

Servir dans le plat et accompagner d'une salade avec des radis.

Flammekueche

Ingrédients pour 4 à 6 personnes

Pour la pâte à pain :
- 1 kg de farine
- 1 cube de levure de boulanger
- 400 ml d'eau tiède
- 1 pincée de sel

Pour la garniture :
- 250 g de fromage blanc gras ou *bibeleskaes*
- 2 œufs entiers
- 250 g d'oignons en rondelles très fines
- 100 g de lardons
- Sel, poivre et muscade
- Munster

Préparer la pâte.

Délayer la levure dans l'eau tiède. Mélanger la farine et le sel, y ajouter l'eau et pétrir jusqu'à former un beau pâton. Laisser roupiller la pâte dans un saladier couvert d'une petite laine.

Mélanger le fromage blanc avec les œufs et les épices.

Abaisser très finement la pâte. Y répartir une fine couche de crème ainsi que les autres ingrédients. Répartir des tranches gourmandes de munster.

Cuire 5 minutes dans un four à pizza ou 8-10 minutes à 230 degrés.

Truites panées

Ingrédients pour 4 à 6 personnes

- 5 filets de truite
- 125 g de beurre doux
- 50 g de farine
- 2 œufs battus
- Chapelure (utiliser du vieux pain au lieu de le donner aux canards et de les rendre malades)
- Sel, poivre
- ½ jus de citron

Préparer la sauce : monter une mayonnaise. Ajouter de l'estragon et le jus de citron.

Lever délicatement les filets avant de les poudrer et les pouponner dans la farine.

Faire chanter le beurre et l'huile.

Pendant ce temps, passer les filets dans l'œuf puis les tourner dans la chapelure.

Dorer les filets à la poêle.

En avant tourte !

Ingrédients pour 4 à 6 personnes

- 2 pâtes feuilletées
- 1 jaune d'œuf
- 250 g d'épaule de porc hachée
- 250 g de bœuf haché gras
- 40 g d'échalotes
- 40 g d'oignons
- 2 carottes râpées
- 1 verre de vin blanc
- Persil et coriandre hachés
- 1 verre de bouillon de bœuf

Mixer les viandes avec l'oignon, l'échalote, le persil et la coriandre hachés. Ajouter le vin et laisser mariner quelques heures. Ajouter les carottes. Faire chauffer la préparation dans une casserole avec un verre de bouillon de bœuf. Garder un peu de bouillon pour le délayer avec 1 cuillère à café de fécule, puis verser le mélange dans la casserole et laisser épaissir.

Verser la farce dans un moule tapissé de pâte feuilletée. (Sachant la difficulté de préparation, l'auteure vous donne l'autorisation d'acheter une pâte industrielle.) Couvrir la farce avec un deuxième disque de pâte dorée avec du jaune d'œuf. Faire une cheminée au centre pour laisser la farce exhaler son doux parfum dans la cuisine.

Cuire 30 minutes à 220 degrés.

Table des matières

13514

Composition
NORD COMPO

Achevé d'imprimer à Barcelone
par CPI Black Print
le 2 mai 2022

Dépôt légal : mai 2022
EAN 9782290362945
OTP L21EPLN003175N001

ÉDITIONS J'AI LU
87, quai Panhard-et-Levassor, 75013 Paris

Diffusion France et étranger : Flammarion